Tango, Torte und ei

Ein Fall für Emely

Ele Wolff

Tango, Torte und ein Mord

Ein Fall für Emely Petersen – Band 1

Ele Wolff

Impressum

www.ele-wolff.de
Ele Wolff/ Birgit Baasner
Okko ten Broekstraße 37
26789 Leer/Ostfriesland

Lektorat/Korrektorat: Ela Marwich von Textcheck Agency
Covergestaltung: k-e-coverdesign@gmx.de
Bildquellen: Pixabay

Druck
Neopubli GmbH
Köpenicker Straße 154a
10997 Berlin

1

Mit Vergnügen betrachtete ich die drei älteren Damen, die in Kampfstellung an ihrem angestammten runden Tisch in meinem Café Kluntje am Hafen von Neuharlingersiel saßen und sich einen Bissen Torte nach dem anderen in ihre schmallippigen Münder schoben. Die drei Freundinnen, alle über siebzig, quatschten ausgiebig über alle Dinge, derer sie habhaft werden konnten und verbrachten mindestens drei Nachmittage die Woche an ihrem angestammten Platz am Fenster.

»Emely, wenn du noch een Koppke Tee hättest … und noch ein Stück von dieser Marzipantorte …« So oder so ähnlich bat eine der Damen zwischendurch um kulinarischen Nachschub. Dazu gesellte sich der eine oder andere Sanddornlikör. Es wurde gelacht und gelästert, was das Zeug hielt. Ansonsten saßen Netti, Franziska und Tabea da und sabbelten ohne Ende über Gott und die Welt. Sie nannten sich selbst die Teeschwestern und hatten den kompletten Überblick über die Geschehnisse bei uns im Ort.

Eine der Damen war meine Schwiegermutter Netti. Eigentlich waren sie mal zu viert bei den Teeschwestern gewesen, aber Hedwig war beim Fensterputzen auf ihren stabilen Esstisch aus Eiche gefallen und hatte diesen bedauerlichen Unfall nur knapp überlebt. Seitdem verließ sie kaum noch das Haus und hatte sich im vergangenen Herbst offiziell aus der Gruppe verabschiedet.

Mein Name ist Emely Petersen und bin bereits in einem Alter, in dem man ohne Vorwarnungen von diversen Hitzeattacken heimgesucht wird und denen man machtlos ausgeliefert ist.

Meinen englisch klingenden Vornamen verdanke ich meinem Vater, der sich nach einer folgenschweren Nacht mit meiner Mutter so schnell verdrückt hatte, dass sie noch nicht einmal dazu kam, die Kaffeemaschine mit Kaffeepulver zu bestücken, um ihm eine Tasse frischen Kaffee anzubieten, da saß er jedoch schon in seinem Auto und düste davon. Neun Monate später gab ich mir die Ehre und erblickte das Licht dieser Welt. Wir haben beide nie wieder etwas von meinem Erzeuger gehört, was eventuell auch daran gelegen haben könnte, dass meine Mutter nur seinen Vornamen kannte. Christopher aus England.

Damit ich nicht ganz ohne gedankliche Verbindung

zu meinem englischen Vater aufwachsen musste, hat sie mir wenigstens den Vornamen Emely verpasst, der so gar nicht ostfriesisch war.

Ich liebe Bücher, Kunst und Kuchen. Das alles lebe ich in meinem Café Kluntje hemmungslos aus, indem ich hin und wieder Ausstellungen und Lesungen organisiere. Die Gäste genießen unsere Torten, trinken Tee mit Kluntje und vertiefen sich in eines der Bücher, die in den zahlreichen Regalen darauf warten, verschlungen zu werden.

Im Grunde genommen bin ich ein zufriedener, glücklicher Mensch, denn mein Alltag war abwechslungsreich, geprägt von vielen Menschen, amüsanten Begegnungen und dem Zusammentreffen mit den verschiedensten Zeitgenossen, die manchmal mit dem linken Fuß zuerst ihr Bett verlassen hatten. Langweile ging irgendwie anders.

Das änderte sich allerdings, als ich an einem sonnigen Junitag einen leblosen Mann in meinem Ohrensessel im Café erblickte.

Aber der Reihe nach. Ich war gerade dabei, eine Bestellung für Tisch fünf fertig zu machen, als meine Tochter Annalotta hereingeschneit kam.

»Mama, haste mal fünf Euro?« Sie steckte ihren Finger in ein Schälchen mit Schlagsahne, welches ich gerade einem einzelnen Herrn, der lesend vor meinem Bücheregal saß, servieren wollte. Genüsslich leckte sie ihren Finger ab.

»Was willst du denn mit fünf Euro?«, meckerte ich und schob das Schälchen Richtung Spülbecken. Ich war mies gelaunt und für heute bedient. Erst der Stromausfall heute Vormittag, der alles durcheinandergebracht hatte. Leevke hatte vor Schreck die Packung mit den zehn Eiern vom Markt fallen lassen und Selma war in ihrer Hektik in die weißgelbe klebrige Masse hineingetreten. Später hatte ich mit langen Fingern die Post aus dem Briefkasten gefischt, den passenden Schlüssel hatte ich schon lange verlegt. Zwischen sinnloser Werbung fand ich die saftige Rechnung meines Steuerberaters. Mein Sohn hatte mir schon ein paarmal erklärt, dass es viel teurer sei, wenn man dem Steuerberater die Rechnungen und Quittungen in einem Schuhkarton präsentierte anstatt fein säuberlich abgeheftet in einem Ordner. Theoretisch war mir das bekannt, aber irgendeine Ladehemmung in meinem Gehirn verhinderte stets, die Empfehlungen meines Sohnes auch umzusetzen.

»Die Zeitung, mein Bruder hat sie zerfetzt«, riss mich Annalotta aus meinen Gedanken, »und die neuen Schnittmuster, die da drin waren.«

»Ach ja, die Zeitung.« Mit dem Ellenbogen schob ich eine Schüssel beiseite. »Hier ist was drin.« Mit dem Kinn deutete ich auf eine verbeulte Blechdose. »Sag Wilko, dass er das lassen soll. Dass ihr aber auch immer …«

»Oma Netti hat gesagt, du sollst für die Teeschwestern wieder den gewohnten Tisch reservieren«, wechselte Annalotta abrupt das Thema. »Sie will unbedingt den alten Tisch wieder. An dem, wo sie heute Nachmittag gesessen haben, würde es ziehen wie Hechtsuppe.«

»Mach ich, doch das war ja nur eine Ausnahme, aber erinnere mich noch einmal daran.« Die Mutter meines verstorbenen Mannes Oma Netti war ein Schatz. Ich würde alles für sie tun, auch wenn sie manchmal ein wenig anstrengend war.

Annalotta grinste nur und trollte sich. Ich servierte die Bestellung an Tisch fünf inklusive eines frischen Schälchens Schlagsahne.

Langsam kehrte Ruhe ein. Nacheinander verließen die Gäste das Café. Zügig säuberte ich die Kaffeemaschine, stellte das Geschirr in die Spülmaschine und wischte alle Tische ab. Die schmutzigen Tischdecken verstaute ich im Wäschesack. Zu guter Letzt säuberte ich die Theke und schickte meine Mitarbeiterinnen Selma und Leevke nach Hause.

Den Mann hinten in der Ecke bemerkte ich jetzt erst. Er saß in dem alten Ohrensessel und hatte die Augen geschlossen. Vielleicht war er eingeschlafen, müde von einer Wanderung an der frischen Seeluft? Ich ging näher und wunderte mich über das bleiche Gesicht. Ein kleiner Speichelfaden lief aus seinem Mundwinkel herunter.

»Entschuldigen Sie.« Vorsichtig berührte ich seinen Arm. Er bewegte sich nicht. Ich schätzte ihn auf Anfang sechzig.

»Was ist denn mit dem los?« Netti war hereingekommen und hatte sich neben mich gestellt. »Hat dir Annalotta gesagt, dass …«

»Ja, hat sie«, nuschelte ich. »Ihr bekommt das nächste Mal euren gewohnten Tisch wieder.«

»Und was ist jetzt mit dem da?« Sie wies auf den Mann im Sessel.

Ich zuckte mit den Schultern. »Keine Ahnung.«

»Schläft er?«

Vorsichtig legte ich meine flache Hand auf seine Brust und erschrak. »Ich befürchte, es ist etwas Ernstes«, sagte ich, zückte mein Handy und verständigte einen Notarzt. »Vielleicht sollten wir ihn auf den Boden legen?«, überlegte ich, nachdem ich mein Telefon zur Seite gelegt hatte.

»Nee, lass ihn. Guck mal, ob du noch einen Puls fühlen kannst«, empfahl Netti.

»Nein«, schüttelte ich den Kopf, nachdem ich vergebens an seinen beiden Handgelenken nach einem Lebenszeichen gesucht hatte. »Ich befürchte, er ist tot.«

»Ach du liebe Zeit.« Netti beugte sich zu dem Mann herunter. »Wie lange sitzt er da schon?«

»Genau weiß ich das nicht. Heute war wieder viel los. Ich weiß nur, dass er in Begleitung hereinkam.«

»Eine Frau?«

»Ja, er kam mit einer Frau. Sie war total schick angezogen, mit High Heels und Kostüm. Der Rock war so eng, dass sie nur in Trippelschritten gehen konnte. Deshalb ist mir das überhaupt aufgefallen. Er und seine Begleiterin haben sich Aprikosentorte und Ostfriesentee mit Kluntje bestellt.«

»War das seine Frau?«

»Herr Gott Netti, das weiß ich doch nun wirklich nicht!«, regte ich mich jetzt auf.

»Kindchen, wenn man genau hinsieht, kann man feststellen, ob ein Paar verheiratet ist oder nicht.«

»Woran sollte ich das denn erkennen?«

Sie stellte sich aufrecht hin und sah mich empört an. »Emely, du hast überhaupt keine Menschenkenntnis.

Wenn ein Mann und eine Frau in einem Café sitzen und nicht miteinander sprechen, sind sie entweder stumm oder sprechen nicht die gleiche Sprache. Da dies verhältnismäßig selten vorkommt, bleibt nur die Tatsache, dass es sich um ein verheiratetes Paar handeln muss. Wenn die Frau besonders wütend und gekränkt aussieht, hat er den Hochzeitstag vergessen.«

Ich sah meine Schwiegermutter an. »Du hast aber auch immer den passenden Spruch auf Lager.«

»Das kommt davon, weil ich mein ganzes Leben lang meine Augen offen gehalten habe.« Sie sah wieder auf den Mann im Sessel. »Wie er wohl heißt?«

»Wer?«

Sie zeigte auf meinen wahrscheinlich toten Gast. »Er hat sicher einen altmodischen Namen. Wahrscheinlich genauso unmodern wie seine Jacke.« Sie zupfte zart an seinem Revers. »Das ist mindestens aus den frühen Neunzigern.«

»Netti, hör auf, das ist respektlos«, flüsterte ich, »vielleicht kann er uns hören.« Im Moment hatte ich andere Sorgen, als die Kleidung meiner Gäste. Hoffentlich hatte das alles keine negativen Auswirkungen auf mein Café. Immerhin war es nicht gerade verkaufsfördernd, wenn jemand hier zwischen meinen Kuchen und Büchern sein Leben aushauchte.

»Guck mal, da steckt etwas in seiner Brusttasche.«

Netti zeigte auf ein Stück Papier, welches unter seiner Jacke hervorlugte.

Vorsichtig zog ich daran und hielt einen bunten Flyer in der Hand. »Tango Argentino-Tanzschule Wibke Lorenz«, las ich vor. »Laut Adresse ist das eine Tanzschule in Aurich.«

Netti hatte sich zu dem Mann heruntergebeugt. »Er sieht überhaupt nicht aus wie ein Tangotänzer.«

»Und wie sieht deiner Meinung nach ein Tangotänzer aus?«

Sie überlegte kurz. »Also, knackige Figur, pechschwarze Haare und jung, sehr jung.«

»Stimmt, so ganz passt das nicht«, stimmte ich ihr zu, »aber vielleicht …«

Die Ladentür öffnete sich und ein Notarzt samt Team kam herein. »Moin. Sie hatten angerufen?« Der hochgewachsene blonde Arzt hatte mit einem Blick die Situation erfasst. Innerhalb von ein paar Sekunden wuselte es nur so von Menschen, die sich um den Mann im Sessel kümmerten. Netti und ich hatten uns zurückgezogen und beobachteten die ganze Szene am Tresen lehnend aus sicherer Entfernung.

Die Tür öffnete sich abermals und Harm von der örtlichen Polizeistation kam in Begleitung eines

Kollegen herein.

»Moin Emely.« Er nickte Netti kurz zu. »Wir haben den Notarztwagen vor deiner Tür gesehen. Ist was passiert?«

»Ja, ein Gast … ich habe den Notarzt gerufen«, stotterte ich und sah Harm samt Kollegen hinterher, die sich mit dem Notarzt unterhielten, der immer wieder den Kopf schüttelte.

»Vielleicht hat den jemand umgebracht?«, flüsterte mir Netti zu.

»Mal bloß den Teufel nicht an die Wand. Das hätte mir gerade noch gefehlt.« Auf einmal war mir schlecht. Was wäre, wenn Netti recht hatte? Unsinn, ermahnte ich mich selbst. Wie sollte das denn geschehen sein? Zugegeben, die Frau, mit der der Mann hier aufgetaucht war, war plötzlich nicht mehr da. Aber wie sollte jemand hier mitten unter den Gästen einen Mord begehen? Nein, er hatte sicherlich eine Herzattacke erlitten. Der Notarzt und seine Begleiter packten ihre Sachen zusammen und verließen das Café.

»Da ist nix mehr zu machen«, informierte mich Harm und wandte sich an seinen Kollegen. »Sigurd, informiere mal die Kollegen aus Wittmund.«

Dieser nickte und ging ein paar Schritte zur Seite.

Mir wurde ganz heiß. »Was hat der Arzt gesagt? Wieso

nehmen sie ihn nicht mit?«

»Nun ja«, meinte Harm und kratzte sich am Kopf, »der Arzt kann keine eindeutige Todesursache feststellen. Er hat gesagt, das muss hinterfragt werden. Deshalb müssen die Kollegen aus Wittmund ran.«

Netti hatte nur mit halbem Ohr zugehört. »Wer ist das denn?« Sie reckte den Hals, um Sigurd von oben bis unten zu mustern, der, uns den Rücken zugewandt, telefonierte.

»Netti, lass das«, stieß ich sie an. Ich hatte sehr wohl gemerkt, wie sie anerkennend mit der Zunge geschnalzt hatte, als sie Sigurds durchtrainierten Po begutachtet hatte.

Harm hatte Nettis Blick bemerkt. »Sigurd ist seit zwei Tagen bei uns. Er hat sich an die Küste versetzen lassen.«

Sigurd kam zurück. »Die Kollegen kommen gleich«, verkündete er.

Ich musste zugeben, auch von vorne sah er mehr als gut aus mit seinen leichten angegrauten Schläfen und den dunkelgrünen Augen. Ein bisschen wie George Clooney und der junge Frank Sinatra.

»Ist das Café zurzeit geschlossen?«, wollte Sigurd wissen.

»Ich wollte gerade zumachen«, sagte ich, »da sah

ich ihn. Also, da habe ich bemerkt, dass etwas nicht stimmt.«

»Okay«, übernahm Harm das Kommando. »Emely, schließt du bitte die Vordertür ab. Ist noch jemand in der Küche?«

Ich schüttelte den Kopf. »Selma und Leevke sind schon nach Haus. Wir schließen immer um achtzehn Uhr.«

»Aha«, brummte Sigurd und stieß die Pendeltür auf, die in unsere Küche führte. Ich folgte ihm. Suchend sah er sich um.

Ich stellte mich direkt hinter ihn. »Ich sagte doch, es ist niemand mehr hier.«

»Ja, das sagten Sie bereits.« Es klang herablassend. Auch wenn der Kerl zum Niederknien schön war, so war er doch arrogant wie eine alternde Filmdiva. »Suchen Sie was Bestimmtes?«

»Hier stellen Sie also Ihre Torten her?« Er deutete auf das große Rührgerät, mit dem Selma den Teig bearbeitete.

»Ja, Frau Venema, also Selma backt unsere Torten, wenn sie nicht da ist, mache ich das.«

»Aha, Sie sind Konditorin?« Er lächelte süffisant.

»Nein«, zischte ich, »ich bin ein Naturtalent.«

Das hatte gesessen. Sigurd rümpfte die Nase, murmelte etwas Unverständliches und verließ unsere Küche.

Netti hatte sich ans Fenster gesetzt und beobachtete die Straße. »Sie kommen.« Schnell sprang sie auf und öffnete den beiden Männern die Tür.

»Moin«, nickten die beiden Herren in die Runde. »Harm, was ist los?«

»Emely, ich meine Frau Petersen wollte gerade schließen, da bemerkte sie, dass ihr Gast dahingeschieden war.« Harm war um eine korrekte Aussprache bemüht.

»Sie sind Frau Petersen?« Der Kommissar, ein älterer Herr, reichte mir die Hand. »Mein Name ist Bertus Freese, Polizeikommissariat Wittmund. Das ist mein Kollege Brümmer. Können Sie uns erzählen, was genau geschehen ist?«

Krampfhaft überlegte ich, wo ich beginnen sollte. »Wie gesagt, ich wollte gerade schließen …« In kurzen Worten schilderte ich ihm die Ereignisse.

»Gut Frau Petersen«, nickte er und ging zu dem Tisch, an dem immer noch mein toter Gast saß. Erst jetzt bemerkte ich, dass der Mann eine riesige Narbe hatte, die sich quer über seine rechte Wange zog.

Die beiden Herren aus Wittmund sprachen leise miteinander »Können Sie mir sagen, wann genau der Mann ihr Café betreten hat?«, wollte Kommissar von mir wissen.

»Das muss so gegen vier Uhr gewesen sein«, erzählte

ich, »er kam in Begleitung einer Frau, die sehr schick angezogen war. Soweit ich mich erinnere, habe ich die beiden noch nie zuvor gesehen. Sie haben sich Kuchen bestellt und je eine Kanne Tee auf dem Stövchen. Wann die Frau gegangen ist, kann ich nicht sagen. Heute war wieder viel los.«

»Also, ich kenn ihn auch nicht«, mischte sich jetzt Netti ein. »Er war sicherlich noch nie hier.«

»Ach ja?«, lächelte Freese. »Und Sie sind?«, wandte er sich Netti zu.

»Schwanette Sundermann. Ich bin die Oma hier im Haus, aber ich habe nichts gesehen.«

»Gut Frau Sundermann.« Freese wandte sich zu Harm um. »Bitte informiere die Spurensicherung.«

Ich war entsetzt. Diesen Satz kannte ich nur aus dem Mund der Fernseh-Kommissare. »Was glauben Sie denn, was passiert ist?«, stotterte ich. »Was für Spuren denn?«

»Frau Petersen«, erklärte mir der Kommissar, »da wir nicht genau wissen, wie der Mann gestorben ist, müssen wir alle Spuren sichern, auf die wir eventuell später zurückgreifen müssen. Es ist alles möglich. Ein natürlicher Tod oder ein … Aber das wissen wir erst zu gegebener Zeit.«

Netti riss die Augen auf und legte ihre Hand auf

meinen Arm.

»Sagen Sie«, sprach Freese weiter, »Sie meinten, das Paar habe Tee und Kuchen bestellt. Was für ein Kuchen war das denn?«

»Also, das weiß ich nicht mehr genau.« Ich ließ meinen Blick prüfend über den Teller des Mannes wandern, auf dessen Rand ein kleines Stückchen Aprikose lag. »Das muss unsere Aprikosentorte gewesen sein.«

»Und wer hat diese Aprikosentorte gebacken?«

Nur mit Mühe konnte ich seine Frage beantworten.

»Das war ich«, antwortete ich und räusperte mich verlegen.

2

Bis spät in die Nacht hatten meine Kinder, Netti, ihr Mann Horst und ich in unserer Küche gesessen und über die Ereignisse diskutiert.

Das Team der Spurensicherung hatte alles untersucht und die Küche versiegelt. »Vorerst bis morgen früh«, hatte mich der Kommissar informiert, »bis dahin werden wir sicherlich das Obduktionsergebnis haben. Dann können Sie ganz normal weiterarbeiten.«

»Ich finde das eine Unverschämtheit von dem Kerl, einfach so in deinem Café den Löffel abzugeben«, regte sich Netti auf und füllte ihr Glas erneut mit Rotwein. Ihre Wangen glühten bereits dunkelrot und ihre Aussprache ließ auch schon zu wünschen übrig. »Es gibt weiß Gott ruhigere Orte, um aus dem Leben zu scheiden.«

»Oma, das hat der Mann doch nicht extra gemacht«, versuchte Wilko die Dinge zu versachlichen. »Ihr werdet sehen, er hat einen Herzkasper gehabt oder sowas.«

Mein Kopf brummte, obwohl ich nicht von dem schweren italienischen Rotwein getrunken hatte.
Ich war müde und wollte ins Bett. Wer weiß, was morgen noch alles passieren würde.

»Habt ihr den schnuckeligen Polizisten gesehen«, sagte Netti so ganz nebenbei. »So ein gutaussehender Kerl – und das hier in der Provinz!«

»Bei uns ist es ja mit der Schönheit schon länger her«, ulkte Horst und boxte seiner Frau liebevoll in die Seite.

»Manieren hat Harms Kollege aber keine«, warf ich ein. »Was nutzt einem das gute Aussehen, wenn man blöd ist?«

»Ja, ich weiß«, stöhnte Annalotta grinsend. »Es sind die inneren Werte, die zählen.«

»Ich gehe ins Bett«, verkündete ich, stellte mein Wasserglas ins Spülbecken und winkte der Runde noch kurz zu.

»Nacht Mama«, rief Wilko und grinste, »denk daran Tamme anzurufen wegen der Hintertür. Das Schloss ist immer noch kaputt. Sonst brauchen wir uns nicht zu wundern, wenn jemand das ganze Haus ausräumt.«

Ich nickte müde. Wenn ich meinen Sohn nicht hätte, der trotz seiner erst sechzehn Jahre auf alles achtete und immer wieder die Dinge wiederfand, die ich verschlampt hatte. So sehr ich mich auch bemühte, aber mit Ordnung hatte ich so meine Schwierigkeiten. Eine Ausnahme war mein Café, da wusste ich auf Anhieb, wo alles stand und an welche Stelle etwas gehörte.

In dieser Nacht träumte ich von einer Horde Polizisten, die alle mit einem Kuchen in den Händen hinter mir her brüllten, ich solle doch noch mehr Zuckerguss auf die Torten gießen.

Da unsere Wohnung direkt über dem Café lag, war ich am nächsten Morgen schon um kurz nach sechs unten. Fahrig wischte ich über alle Tische, ordnete die Teller neu und staubte die Bücherregale ab. Vorsorglich hängte ich einen Zettel in die Eingangstür, dass das Café Kluntje erst um vierzehn Uhr öffnete. Ich hoffte, dass bis dahin die Polizei meine Küche wieder freigegeben hatte.

Horst und Netti wohnten im Nachbarhaus. Deshalb wunderte es mich auch nicht, dass sie eine Stunde später hereingeschneit kam und sich auf die Bank neben dem Tresen setzte.

»Ich habe die ganze Nacht nicht geschlafen«, murmelte sie und zog ihren Pulli glatt.

»Hat Horst wieder geschnarcht?«

»Nee, das war‘s nicht. Es war wegen dem toten Mann.

Ich habe noch nie eine Leiche gesehen. Irgendwie gruselig.« Sie rümpfte die Nase. »Halt, stimmt nicht. Tante Thea hab ich tot gesehen, da war ich aber noch ein Kind. Die sah jedoch gar nicht tot aus.«

Mit beiden Händen schob ich einen Stapel Bücher nach rechts und wischte auf der freien Fläche den Staub weg. »Ich finde das traurig«, überlegte ich laut, »was wird wohl seine Familie sagen, wenn sie das erfährt? Er wollte sicherlich nur ein paar schöne Tage an der Küste verbringen.«

»Hast du wirklich keine Ahnung, wie er hieß und wo er herkam?«

»Nein, aber das würde mich brennend interessieren«, antwortete ich, »er war sicherlich noch nie hier im Café Kluntje. Ich würde mich bestimmt daran erinnern.«

»Das glaub ich nicht Emely, du kannst doch nicht jeden Gast kennen.«

»Na ja«, musste ich zugeben, »jeden vielleicht nicht, aber sehr oft erkenne ich Leute wieder, wenn sie mehrmals hierherkommen.« Ich sah mich um und dachte an das Gewusel und Gerede, welches manches Mal hier herrschte, wenn alle Tische besetzt waren. Netti hatte recht. Es könnte gut möglich sein, dass dieser Mann schon mal hier war.

»Du hast das wirklich alles gemütlich eingerichtet«,

bemerkte meine Schwiegermutter und sah sich im Café um, als würde sie alles zum ersten Mal sehen. »Obwohl die Möbel alle verschiedenen Stilrichtungen haben, sieht das alles sehr harmonisch aus.«

Stolz nickte ich. »Genau das finden die Gäste ja so schön.« Netti hatte das sicher nur erwähnt, um mich aufzuheitern.

Inzwischen war es acht Uhr. Ich rief Selma und Leevke an und teilte ihnen mit, dass sie erst um vierzehn Uhr kommen müssten. Bis dahin hoffte ich, dass der ganze Spuk vorbei war. Netti ging wieder nach Hause, um Horst das Frühstück zu machen. Ich reinigte aus purer Langweile die Kaffeemaschine noch einmal und las dann in einem Kochbuch, welches mir Annalotta zu meinem einundfünfzigsten Geburtstag geschenkt hatte.

Gegen zehn Uhr klopfte es an der Tür. Kommissar Freese legte seinen Kopf dicht an die Scheibe und bedeutete mir, die Tür zu öffnen.

»Moin Frau Petersen«, begrüßte er mich. Er drehte sich um und sprach mit ein paar Kollegen, die mit Koffern, Taschen und mehreren Blechkisten in meine Küche stürmten.

»Was soll das denn?«, stotterte ich und wollte mich den Leuten in den Weg stellen.

»Frau Petersen,« Freese sah mich ernst an, »es tut mir leid, aber Ihr Gast wurde vergiftet. Deshalb müssen wir alle Lebensmittel aus Ihrer Küche ins Labor bringen.«

Meine Knie wurden weich. Ich räusperte mich und versuchte, einen klaren Gedanken zu fassen. »Wieso Gift? In meiner Küche gibt es sowas nicht«, stotterte ich. »Mit was wurde er …?« Den Rest des Satzes verschluckte ich.

»Das müssen wir noch …«, nuschelte der Kommissar und zückte seinen Kugelschreiber. »Der Gast hatte doch Aprikosentorte bei Ihnen gegessen?«

»Ja, er und seine Begleiterin hatten sich je ein Stück Aprikosentorte mit Tee bestellt.« Sofort spürte ich eine Hitzewelle, die sich über meinen Rücken in meinem Kopf vorarbeitete und mein Gesicht in eine blutrote Tomate verwandelte. »Wollen Sie etwa sagen, dass mein Kuchen vergiftet war?«

Der Kommissar lächelte, nahm mich am Arm und zog mich zu dem Ostfriesensofa, welches an der Stirnseite des Raumes stand. »Frau Petersen, beruhigen Sie sich bitte. Der Gerichtsmediziner hat lediglich festgestellt, dass sich … wie soll ich sagen … also im Mageninhalt waren neben anderen Sachen auch die Fruchtstücke einer Aprikose …« Er räusperte sich umständlich. Ich konnte sehen, wie ein paar Schweißperlen an seiner Schläfe herunterliefen. »Also, es ist so. Wir haben zwar Gift in seinem Magen gefunden, aber das muss nicht zwangsläufig heißen, dass Ihr Kuchen auch ungenießbar gewesen ist. Verstehen Sie? Er kann das Gift auch lange vor dem Aufenthalt in Ihren Räumen zu sich genommen haben.«

Schon immer habe ich mich gewundert, warum Männer es nie fertigbrachten, einen Sachverhalt in ein oder zwei klaren Sätzen wiederzugeben. Der Kommissar schien auch zu dieser Kategorie zu gehören. Umständlich wischte er sich mit einem Taschentuch den Nacken ab.

»Ihnen ist bestimmt heiß. Sie sollten ihre Jacke ausziehen.« Ich deutete auf seine recht dicke Jacke. »Schließlich haben wir Juni.«

»Sie haben sicher recht.« Er schälte sich aus dem Kleidungsstück und legte sie akkurat gefaltet auf seine Knie.

Besorgt blickte ich in sein immer grauer werdendes Gesicht. »Warten Sie kurz, ich hole ihnen ein Glas Wasser.«

Er nickte erschöpft und quälte sich ein Lächeln ab. Netti war auch wieder auf der Bildfläche erschienen. »Was ist denn hier los?« Sie zeigte auf die Leute, die in der Küche dabei waren, von sämtlichen Lebensmitteln Proben zu nehmen.

Von dem Regal über der Kuchenvitrine nahm ich ein Glas und füllte es mit Mineralwasser. »Er ist vergiftet worden«, flüsterte ich. »Jetzt suchen sie die ganze Küche ab, wo sich eventuell das Gift befinden könnte.«

Netti tippte sich an die Stirn. »Die sind doch bekloppt. Warum solltest du einen wildfremden Mann, der hier zu Gast ist, vergiften?«

»Eben«, nuschelte ich, »aber irgendwer muss es ja getan haben.« Ich zuckte mit den Schultern und brachte dem Kommissar das Wasser. Er trank es gierig und reichte mir das leere Glas. »Danke, Sie haben mich gerettet. Mein Kreislauf spinnt ein bisschen«, stöhnte er. »Es wird Zeit, dass ich in Rente gehe.«

»Und wie war das jetzt mit dem Gift?« Mein Magen zog sich zusammen. In was war ich da hineingeraten?

»Warten Sie einfach ab. Wir werden die Proben alle auf die giftige Substanz untersuchen. Wenn wir da nichts finden, geben wir Entwarnung und Sie können wie gewohnt schalten und walten.«

Erleichtert atmete ich auf. Beim besten Willen konnte ich mir nicht vorstellen, dass jemand unsere Kuchen vergiftet haben könnte. »Bis wann können Sie mir Bescheid geben?«

Er sah auf die Uhr. »Ich denke, bis heute Abend neunzehn Uhr müssten wir durch sein.«

Ich spürte, wie mein Gesicht anfing, zu jucken. In der Eile hatte ich heute Morgen vergessen, meine Feuchtigkeitscreme zu benutzen. Meine Haut fühlte sich spröde an. Als junges Mädchen hatte ich höchstens mal Sonnencreme benutzt. Aber als ich älter wurde, musste ich doch den einen oder anderen Euro ausgeben, um die diversen Cremes zu erstehen, die seit einigen Jahren mein Badezimmer schmückten. Seitdem ahnte ich, woher der Ausdruck ›alte vertrocknete Jungfer‹ kam.

»Frau Petersen, ich hätte gerne noch gewusst«, unterbrach der sichtlich erholte Kommissar meine abschweifenden Gedanken, »sind Ihnen die Namen der anderen Gäste, die gestern Nachmittag hier waren, bekannt?«

Da musste ich nicht lange überlegen. »Es kommen zwar hin und wieder auch Leute aus dem Ort hierher, aber zumindest im Sommer sind es durchweg Feriengäste.«

»Also, Sie haben keinen Namen für mich?«

»Nein, tut mir leid, gestern waren nur Fremde hier.«

»Frau Petersen, wie viele Gäste haben denn noch von der Aprikosentorte gegessen?«

Ich hielt kurz die Luft an. Daran hatte ich noch gar nicht gedacht. »Soweit ich das überblicken kann, sind noch drei oder vier Stück Aprikosentorte serviert worden. Aber mir ist nicht zu Ohren gekommen, dass sich jemand anschließend unwohl fühlte.«,

»Gut, Frau Petersen«, sagte Freese abschließend und erhob sich. »Ich will mal sehen, wie weit die Kollegen sind.«

Netti stand noch immer an der Küchentür und beobachtete die Arbeiten der Ermittler. Ich ging zu ihr hinüber und stellte mich neben sie. »Der Kommissar sagt, dass sie gleich fertig sind.«

Es dauerte noch ungefähr zehn Minuten, bis alle Beteiligten bepackt mit den Kisten zur Tür hinaus waren.

»Wir geben Ihnen Bescheid«, lächelte mich der Kommissar an und verließ als letzter das Café Kluntje.

»So ein Mist«, schimpfte ich und rief Selma und Leevke an, dass sie erst am nächsten Morgen zu kommen brauchten. Hoffentlich findet die Polizei nichts in unseren Kuchen, betete ich und begann, die Unordnung, die die Herren hinterlassen hatten, zu beseitigen.

»Mama, was ist denn hier los?« Annalotta tauchte auf einmal hinter mir auf und sah sich um. »Sieht ja ziemlich durcheinander aus.«

Ich brachte sie auf den neuesten Stand der Entwicklungen. »Jetzt heißt es nur noch abwarten.«

»Ist Netti hier?« Horst stand in der Tür, die vom Café ins Treppenhaus und zu unserer Wohnung führte. »Ich habe den Ofen ausgestellt, sonst wäre der ganze Vogel …« Missbilligend schüttelte er den Kopf und lief in den Gastraum. »Netti?«

»Was macht Oma denn da?« Annalotta lief Horst hinterher.

Netti stand auf einem Stuhl und wischte mit einem Lappen das Bord mit den alten Teekannen ab. »Das muss du doch nicht machen. Teelse kommt übermorgen wieder und wird dann …«

»Kummer dich lieber um unser Mittagessen«, nörgelte Horst und blickte wütend seine Frau an, die so tat, als ob sie ihn nicht gehört hätte. »Ich habe den Ofen ausgeschaltet, sonst wär‘ das Ding schwarz.«

»Ich mache euch jetzt mal einen Vorschlag«, grätschte ich ziemlich genervt dazwischen. »Geht jetzt alle bitte nach Hause. Wir müssen bis heute Abend warten, bis wir Bescheid wissen.« Ich sah meine Tochter an. »Und wieso bist du noch nicht in der Schule?«

»Ich bin krank«, krächzte sie und grinste mich an. »Ich gehe nach oben.«

»Wir hauen auch ab«, befahl Nettis Mann und zog seine Gattin unsanft in den Flur. Endlich konnte ich durchatmen. In solchen Momenten wünschte ich mir, Gero wäre hier. Seit seinem Tod vor zehn Jahren musste ich alles alleine bewältigen, obwohl Netti mir wirklich unter die Arme griff, wo sie nur konnte.
Es dauerte ungefähr eine Stunde, bis ich in der Küche Klarschiff gemacht hatte. Müde und deprimiert setzte ich mich aufs Ostfriesensofa und wünschte mir, es wäre schon neunzehn Uhr. Dann war der Spuk hoffentlich vorbei.

Gelangweilt ließ ich meinen Blick durch den Raum schweifen. Netti hatte recht: Die zahlreichen Bücherregale, die verschiedenen Sessel und Holztische erzeugten ein nostalgisches Flair. Dies war keineswegs Absicht gewesen, sondern aus der Not heraus geboren. Nach dem plötzlichen Tod meines Mannes stand ich mit den sechsjährigen Zwillingen alleine da. Ich musste meinen Job in einer Werbeagentur kündigen, um mich um meine Kinder zu kümmern. Zeitgleich wurde das Ladenlokal unten im Haus frei und machte Platz für mein Café Kluntje. Netti lieh mir etwas Geld für die Renovierung, die Möbel suchte ich mir auf Flohmärkten und vom Dachboden zusammen. Es hätte nicht besser laufen können. Und jetzt das.

Ich sah zu dem Sessel hinüber, in dem ich den Verblichenen vorgefunden hatte. Krampfhaft versuchte ich, mich an das Gesicht seiner Begleiterin zu erinnern, aber ich hatte nur auf die hochhackigen Schuhe und den engen Rock geachtet.

Was lag denn da unter der Heizung? Ich sprang auf, lief zu dem Ohrensessel und schob ihn ein wenig zur Seite. Umständlich ging ich in die Knie und zog ein Stück Papier hervor, das sich zwischen zwei Rippen des Heizkörpers eingeklemmt hatte. Es war ein Foto. Es zeigte zwei Männer und eine Frau, alle ungefähr Anfang zwanzig, die fröhlich in die Kamera lächelten. Den Frisuren und der Kleidung nach zu urteilen, war das Bild in den Achtzigerjahren aufgenommen.

Die junge Frau trug Ohrringe so dick wie Wagenräder und enorme Schulterpolster. Die Männer trugen beide Jeanshemden. Ich sah genauer hin. Wenn mich nicht alles täuschte, war der eine mein toter Gast, nur eben in jung. Auf der Rückseite hatte jemand etwas drauf geschrieben. Wir waren mal eine glückliche Familie – Schade.

Handelte es sich dabei um das Foto von Geschwistern? Hatte er das Bild verloren?

Ich schob das Foto in meine Hosentasche und ging in unsere Wohnung. Den Nachmittag verbrachte ich mehr oder weniger nervös auf meinem Sofa und vertilgte eine ganze Schachtel Nusspralinen. Sogar mein schlechtes Gewissen wegen diesen enormen Kalorienbomben, ich trug immerhin Kleidergröße 44, konnte ich erfolgreich verdrängen. Gegen Abend ging ich wieder runter und staubte alle Bücherregale noch einmal ab.

Um halb acht kam der schöne Sigurd. Er klopfte an die Tür und bat durch Gesten um Einlass. Er war scheißfreundlich, von Arroganz keine Spur mehr. Er teilte mir mit, dass in den gesamten Proben aus meiner Küche keinerlei Spuren entdeckt worden waren und ich ab sofort wieder das Café Kluntje öffnen könnte. Ich bedankte mich freundlich und geleitete ihn zur Tür. Das Foto, welches ich unter der Heizung gefunden habe, ließ ich unerwähnt.

Ich hätte vor Erleichterung in die Luft springen können. Morgen war wieder ein ganz normaler Tag und ich konnte zur Tagesordnung übergehen. Aber wollte ich das? Ich dachte an das Bild, das ich in meinem Büro unter den unbezahlten Rechnungen versteckt hatte. Eigentlich war ich kein neugieriger Mensch. Na ja, allerhöchstens wissbegierig. Ich wollte wissen, wer diesen Mann vergiftet hatte und vor allem warum. Zufrieden sah ich mich im Café um, schloss alle

Türen, auch die inzwischen reparierte Hintertür sorgfältig ab und ging nach oben. Annalotta hatte Pizza gemacht. Horst kam rüber und fragte, ob er bei uns mitessen könnte. Wilko schob ihm einen Stuhl hin. »Klar, setz dich.«

»Das Hähnchen, was Netti zum Mittagessen machen wollte, war total schwarz, obwohl ich den Ofen ausgeschaltet habe«, informierte uns Horst verbittert. »Da war nix mehr zu machen.«

»Und was hat Netti zu dem verbrannten Hähnchen gesagt?«, wollte ich von ihm wissen, obwohl ich mir das denken konnte. Schließlich kannte ich Netti schon über zwanzig Jahre. Sie hatte Horst Sundermann nach dem Tod meines Schwiegervaters auf einer Geburtstagsfeier kennengelernt.

»Salami«, rümpfte Horst die Nase. »Ein Salamibrot habe ich bekommen. Und eine Tasse Hagebuttentee.«

Annalotta schnitt ihm ein großes Stück Pizza ab und stellte es vor ihn hin. »Es ist genug da.«

Wir redeten noch ein wenig über die Vorkommnisse der letzten beiden Tage. Wobei ich meiner Erleichterung nicht genug Ausdruck verleihen konnte,dass alles gut gegangen war. Wobei Horst der Ansicht war, dass das doch unbezahlte Werbung für mein Unternehmen sei.

Ich war bedient. Nach einer ausgiebigen Dusche legte ich mich ins Bett und schlief sofort ein.

3

Noch bevor die Kinder wach waren, machte ich mir von dem Foto und der Rückseite Kopien, die ich wieder sorgsam versteckte. Das Original steckte ich in meine Hosentasche.
Selma und Leevke standen bereits in der Küche, als ich nach unten kam.

»Moin Emely, das war ja ein Schreck«, stöhnte Selma und fuhr mit beiden Händen unter ihren enormen Busen.

»Klemmt wieder was?«, grinste die junge Leevke und rührte weiter in ihrer Schüssel herum. Selma war Ende sechzig und litt, wie sie uns immer wieder klagte, schon seit ihrer Pubertät unter ihrer großen Oberweite. Netti hatte einmal in Abwesenheit Selmas ihre Befürchtung geäußert, dass die Gute sicherlich eines Tages vornüber in den Backofen fallen könnte.
Genervt sah Selma ihre junge Kollegin an. »Wenn man vorne so flach ist wie ein Brett, hat man ja nichts

zum Einklemmen. Was glaubst du, was mich ein neuer Büstenhalter jedes Mal kostet?«, stöhnte sie. »Ich kann nicht verstehen, wieso sich die Frauen ihre Dinger auch noch mit so einem Zeugs aufpumpen lassen.«

Mitfühlend nahm ich Selma in den Arm. »Ich kenne das, wenn auch nicht in dem Ausmaß, wie es bei dir ist. Aber was sollen wir machen?«

»Zur Tagesordnung übergehen«, schlug Leevke vor. »Emely, ist alles wieder in Ordnung?«

»Alles super, macht euch keine Sorgen«, informierte ich die beiden. »Ich habe frische Erdbeeren bestellt. Die stehen hinten in der Kühlung.«

»Das ist schon mal gut«, sagte Selma, »ich werde gleich mal zwei Biskuitböden damit belegen.«

Unsere Putzfee Teelse war gerade dabei, die Fensterbänke zu entstauben, als ich in die Teestube kam. Als sie mich sah, ließ sie den Lappen fallen, stemmte beide Hände in die Hüften. »Was war das denn für eine Scheiße? Das ganze Dorf spricht von nix anderem.«

Ich erzählte ihr, was sich in den letzten beiden Tagen zugetragen hatte. Es war besser, ich informierte sie ausführlich, denn Teelse war eine Sabbelschnute und schmückte ihre diversen Erzählungen gerne mal mit diesem oder jenem Detail aus. »Man muss doch seinem

Gegenüber eine möglichst blumige Schilderung bieten«, war ihr Argument gewesen, als ich sie einmal auf ihre ausgeschmückten Geschichten angesprochen hatte. Ich kannte sie aus unserer Schulzeit. Sie hatte immer eine Reihe vor mir gesessen und manchen Tadel einkassiert, weil sie ununterbrochen am Schwatzen war.

»Zum Glück ist jetzt alles vorbei«, versuchte ich sie zu besänftigen. »Morgen gibt es bestimmt wieder ein anderes Gesprächsthema, über das sich die Leute auslassen können.«

Teelse nickte nur, zuckte mit den Schultern und widmete sich wieder ihrer Tätigkeit.

Gerade hatten die ersten Gäste Platz genommen und ihre Bestellungen aufgegeben, als Harm und der schöne Sigurd hereinkamen. Ich lotste die beiden ins Treppenhaus. »Was ist denn mit dir los, Emely? Eigentlich wollten wir nur einen Kaffee …«

»Erst müsst ihr mir erzählen, wie das mit dem Gift war! Ihr habt doch sicher ein paar Informationen aus Wittmund bekommen, oder?« Abwartend sah ich die beiden an.

»Na ja, es ist so … Der Mann soll vergiftet worden sein, aber das weißt du ja schon«, begann Harm.

»Ja, mit Rizin, ergänzte Sigurd und strich sich

über die Haare. Er musste inzwischen beim Friseur gewesen sein, denn helle Strähnchen schimmerten zwischen seinem sonst dunklen Haar, sogar die angegrauten Schläfen waren verschwunden. »Ich habe das gegoogelt. Das sind Samenschalen von irgend so einem Baum. Die kann man im Internet bestellen.«

»Echt? Das kann man einfach so bestellen?«, wunderte ich mich.

Harm nickte. »Wir wissen aber nicht genau, wann er das Gift zu sich genommen hat. Entweder hier oder auch früher.«

»Also muss es nicht unbedingt seine Begleitung gewesen sein, die ihm das untergejubelt hat?«

»Ich glaube nicht«, meinte Harm. »Sonst hätten wir ja Reste in deinem Tee oder Kuchen gefunden.«

Ich zog das Foto aus meiner Tasche und reichte es Harm. »Das habe ich gestern Abend unter der Heizung gefunden. Da, wo der Mann gesessen hat. Es ist ihm sicher aus der Tasche gefallen. In der ganzen Aufregung und da es sich zwischen zwei Rippen des Heizkörpers eingeklemmt hatte, ist es wohl keinem aufgefallen.« Ich zeigte auf das Gesicht des einen jungen Mannes auf dem Foto. »Wenn mich nicht alles täuscht, ist das der Verstorbene.«

»Wir geben es weiter.« Harm reichte Sigurd das

Foto, der es in seiner Brusttasche verwahrte. »War´s das?« Harm grinste. »Wir hätten jetzt Lust auf einen Kaffee.« Sigurd nickte zustimmend.

»Gleich«, sagte ich, »erst will ich noch wissen, wie der Mann hieß und wo er herkommt.«

»Also ich weiß nicht, ob man Interna so ohne Weiteres ausplaudern kann«, empörte sich Sigurd und sah Harm an.

»Lass mal Sigi, das ist schon okay«, wandte Harm ein und zückte sein Notizbuch. »Warte … er hieß Anton van Hoorn. Er hat hier in Neuharlingersiel gewohnt.«

»Der Name hört sich so niederländisch an.«
Sigurd wiegte mit dem Kopf hin und her. »Nee, er war deutscher Staatsbürger.«

»Na gut«, lenkte ich ein. »Setzt euch, ich bringe euch einen Kaffee. Sie auch, Herr …?«

Harm lachte. »Nix Herr. Das ist einfach Sigurd. Okay?« Er sah seinen Kollegen an.

»Geht in Ordnung«, grinste der schöne Sigurd und kam gar nicht mehr so arrogant rüber. Er sah immer noch zum Niederknien aus.

»Und ich bin Emely«, grinste ich, schob die beiden Gesetzeshüter in den Gastraum und brachte ihnen Kaffee. Anschließend kümmerte ich mich um die Bestellungen der Zutaten für unsere Torten. Selma war zur Hochform aufgelaufen und hatte noch einen Frankfurter Kranz gebacken, während Leevke die Spülmaschine bestückte. Ich wunderte mich immer wieder, wie die junge Frau mit Schnelligkeit und Geschick alle Wünsche der Gäste entgegennahm, um anschließend die Torten und den Tee mit einem freundlichen Lächeln zu servieren. Sicher, ich tat das Gleiche, aber auch wenn ich mit anderen Dingen beschäftigt war, Leevke schaffte alles.

Am Nachmittag kamen die Teeschwestern und nahmen ihren angestammten Platz am Fenster ein. Franziska Glaser war wie immer sehr aufwendig zurechtgemacht mit Schmuck, Make-up und allem, was dazugehörte. Tabea Schmidt trug eine bequeme, aber schicke Strickjacke und Netti? Ja, Netti war eben Netti und zog an, was gerade zur Hand war. Farblich nicht immer passend, aber sehr kreativ.
Die Damen orderten Tee und für jede ein Stück Ostfriesentorte.

»Emely«, bat Tabea, »setz dich doch einen Moment. Wir sind ja so neugierig.«

Ich sah mich nach Leevke um, die die Situation schnell erfasst hatte und mir ein Zeichen gab, dass sie ganz gut alleine zurechtkam.

»Heute Morgen stand ja schon einiges in der

Zeitung«, begann ich, nachdem ich mich gesetzt hatte. »Das habt ihr doch bestimmt gelesen.«

Franziska nickte. »Natürlich stand was in der Zeitung, aber nicht alles und Netti hat so ein Durcheinander erzählt.«

»In Ordnung. Das ist schnell zusammengefasst. Ein Mann ist hier in meinem Ohrensessel gestorben.« Ich deutete unauffällig zu dem besagten Platz. »Er kam in Begleitung einer Frau. Das war an dem Nachmittag, als ihr das letzte Mal hier wart. Die Polizei sagt, er ist an einer Vergiftung gestorben.« Den Namen des Mannes behielt ich natürlich für mich und hoffte, dass sich die Damen damit zufriedengaben.

»Das ist ja auch nichts Neues«, maulte Franziska und fuhr sich mit der Zunge über ihre hellrot geschminkten Lippen. »Ich dachte, du weißt mehr.«

»Nein, bedauerlicherweise nicht.«

»Das ist ja doof«, meinte Tabea, »dann war das sicher nur ein Zufall, dass er ausgerechnet im Café Kluntje gestorben ist.«

Ich nickte. »So könnte man es sagen.« Bei den Teeschwestern musste man vorsichtig sein. Eine unbedachte Äußerung oder klitzekleine Information hatten zur Folge, dass innerhalb von ein paar Stunden ganz Neuharlingersiel Bescheid wusste. Die Damen hatten stets genaue Kenntnis darüber, wer mit wem fremdging, wer kurz vor der Pleite stand und wer sich mit der Absicht trug, sein Haus zu verkaufen. Eigentlich konnte man sich den Bezug einer Tageszeitung sparen. Da kam mir ein Gedanke. Vielleicht konnte ich mir die Neugier der Teeschwestern zunutze machen.

»Sagt mal, ihr wart ja an diesem Nachmittag auch hier. So gegen vier Uhr muss der Mann mit seiner Begleiterin hier hereingekommen sein. Ich kann mich noch gut an die Frau erinnern. Also nicht, wie sie aussah, sondern, wie sie gekleidet war mit hochhackigen Schuhen und einem enorm engen Rock.«

»Jaaa … jetzt, wo du es sagst.« Franziska hob den Kopf. »Ich habe ihr auch nachgesehen, weil die Schuhe … mein lieber Mann, man hätte mit den Absätzen einen Schaschlik-Spieß machen können.«

Netti schüttelte den Kopf. »Ich kann mich nicht erinnern. Erst später, als Emely den Mann gefunden hat, hat sie mir davon erzählt.«

Das war leider nicht das, was ich hören wollte. »Und du Tabea? Kannst du dich vielleicht an die Frau oder an den Mann erinnern?«

Tabea runzelte die Stirn. »Stimmt, ich habe ihr auch hinterhergesehen, weil sie so komisch gelaufen ist. Es hat ausgesehen, als würde sie beim Laufen den Hintern zusammenkneifen. Sah irgendwie komisch aus.

»Ja«, lachte Netti, »so laufen die Weiber mit den Mörderschuhen und machen sich die ganzen Füße kaputt. Aber wer schön sein will, muss leiden.«
Da war sie wieder, die passende Lebensweisheit von Netti.

»Aber warte Emely.« Tabea legte ihre Hand auf meinen Arm. »Jetzt fällt es mir wieder ein. Sie hatte eine dunkle Handtasche und einen Jutebeutel dabei. Da stand was drauf.«

Gespannt beugte ich mich nach vorne. »Kannst du dich noch daran erinnern, was da draufstand?«

»Ja, das war … in so geschwungener Schrift … Boutique Ellio … oder so.«

»Ach ich weiß.« Franziska hob den Zeigefinger. »Boutique Elvira. Kann das sein?«

»Ja, genau das stand drauf«, bekräftigte Tabea.

»Die kenne ich«, freute sich Franziska. »Die ist in Esens. Ich war nur einmal drin vor zig Jahren.«

»Bist du sicher?«, vergewisserte ich mich.

»Klar, ganz sicher«, nickte sie.

Entspannt lehnte ich mich zurück. Auf jeden Fall würde ich morgen früh nach Esens fahren, um herauszufinden, wer die geheimnisvolle Begleitung des toten Mannes war.

4

Am nächsten Morgen fand ich meine Tochter mit Fieber in ihrem Bett vor. »Mama, mein Hals, lass mich …« Sie fuhr sich über ihre heiße Stirn. »Ich muss nur schlafen. Dann ist alles wieder paletti.«
Ich kannte das schon. Wann immer meine Kinder krank gewesen waren, haben sie sich in ihren Betten eingeigelt und einfach alles weggeschlafen.

»Dann schlaf dich aus. Morgen ist es bestimmt besser.« Ich drückte ihr einen Kuss auf die Wange und ging in die Küche, wo ich Kamillentee kochte, in eine Thermoskanne füllte und meiner Tochter ans Bett stellte.

Annalotta war schon wieder eingeschlafen. Einen Moment blieb ich noch bei ihr sitzen und sah mich im Zimmer meiner Tochter um. Sie hatte eindeutig von mir den nicht vorhandenen Ordnungssinn geerbt. Diverse Kleidungstücke lagen auf dem Boden verstreut, der Schreibtisch war überhäuft mit zahllosen

Papierstapeln, und an einem prunkvollen Spiegel, den sie einst von Sperrmüll gerettet hatte, hingen Ketten, Armbänder und Schals. Aber sie schien die Gabe zu besitzen, alles auf Anhieb wiederzufinden, denn mir war noch nie zu Ohren gekommen, dass sie etwas suchte.

»Was hat denn die Lütte?«, wollte Netti wissen, als sie eine Stunde später im Café Kluntje auftauchte, um für Horst ein Stück Schokoladentorte zum Frühstück zu holen.

»Sie ist erkältet«, erzählte ich ihr. »Ich muss gleich mal nach Esens. Selma und Leevke wissen Bescheid.« Ich nahm meinen Rucksack und wühlte darin herum, in der Hoffnung, den Schlüssel für meinem Bulli darin zu finden. »Kannst du eventuell mal nach Annalotta sehen?«, bat ich sie und zog meine Hand samt dem Schlüssel aus dem Rucksack. »Gott sei Dank, ich dachte schon, ich hätte ihn verbummelt.«

Netti schüttelte mit einem hämischen Grinsen den Kopf. »Emely Kind, du musst deinen Kopf besser zusammenhalten. Du vergeudest einen großen Teil deiner Zeit mit Suchen.« Sie machte eine ausholende Bewegung. »Außer im Café, da hast du alles im Blick.«

»Ja, das ist mir auch sehr wichtig«, entgegnete ich und musste mir eingestehen, dass Netti recht hatte.

Zerknirscht dachte ich an eine Handwerkerrechnung, die ich nach Erhalt vorübergehend in die Mikrowelle gelegt hatte. Weil wir das Ding fast nie benutzten, fand ich erst Wochen später zufällig den Umschlag.

»Du bist ein Schatz«, murmelte ich und nahm Netti kurz in den Arm. »Denk an Annalotta.«

»Ja, mach dir keine Sorgen«, lächelte sie und gab mir einen liebevollen Stoß.

Den Bulli parkte ich immer auf unserer rückwärtigen Auffahrt, da ich fast Schnappatmung bekam, wenn ich versuchte, dieses große Auto in die klitzekleine Garage zu bugsieren. Also ließ ich ihn einfach draußen stehen. Auf die gutgemeinte Anregung meiner Mitmenschen, ich könnte dieses Monstrum doch besser in einen kleineren Wagen umtauschen, entgegnete ich gerne mit dem schlagenden Argument, dass meine Parkgewohnheiten nichts mit der Größe des Autos zu tun hätte. Es wäre eben viel praktischer, wenn ich mit dem Bus schnell mal wohin fahren konnte, ohne ihn erst aus der Garage fahren zu müssen. Auf gar keinen Fall wollte ich den Bulli weggeben. Wir hatten ihn vier Monate vor Geros Unfalltod gekauft und mein Herz hing daran.

Zügig steuerte ich rückwärts aus der Auffahrt und fuhr Richtung Esens. Kurz vor der Stadt hielt ich

an und ermittelte mithilfe meines Smartphones die Adresse der Boutique Elvira.
In der Nähe fand ich einen für mich ausreichend großen Parkplatz, was für mich bedeutete, rechts und links neben mir durfte kein Auto stehen, sonst wäre ich verraten und verkauft gewesen.

Die Boutique befand sich in der Fußgängerzone. Eine junge dürre Frau sah mich an, als ich die Ladentür hinter mir schloss. Sie musterte mich von oben bis unten. »Moin.«

Ich erwiderte ihren Gruß und wollte gerade mein Anliegen vorbringen, als sie mich skeptisch ansah.

»Ich glaube nicht, dass ich Ihnen helfen kann. Wir führen nur Modelle bis Größe vierzig.« Sie wurde angesichts dieser Frechheit noch nicht einmal rot.

»Sie brauchen sich nicht zu bemühen, junge Frau«, säuselte ich. »Meine Schneiderin in Berlin versorgt mich bestens mit Modellen. Somit bin ich nicht auf Kleidung von der Stange angewiesen.« In Anbetracht meiner Jeans und meiner einfachen Baumwollbluse war das schon eine dreiste Behauptung.

Sie öffnete den Mund, sagte aber nichts.

»Ich habe ein ganz anderes Anliegen«, ergriff ich wieder das Wort. »In meinem Café hat jemand einen

Seidenschal liegen lassen. Nach ein paar Recherchen gehe ich davon aus, dass die Dame hier Kundin ist.«

»Wieso kommen Sie darauf?«

»Sie hatte eine Tasche bei sich, auf der der Name dieser Boutique stand.«

»Ja und?«

»Die Dame war groß, schlank und trug einen sehr engen Rock und hochhackige Schuhe«, erklärte ich der Verkäuferin, die sich jetzt mit ihren Fingernägeln beschäftigte.

Sie sah kurz auf. »War der Rock so eng, dass die Frau kaum einen Fuß vor den anderen setzen konnte?«

Ich nickte. »Ja, genau den Eindruck hatte ich.«

Jetzt grinste sie. »Das kann nur meine ehemalige Chefin sein?«

»Sind Sie sicher?«

»Ich glaube schon. Sie hat bei jedem Modell den Rock noch ein Stück enger nähen lassen. Sie war der Meinung, dass ihr Hintern so besser zur Geltung kommt.«

»Ihre ehemalige Chefin?«

»Ja, der Laden gehört jetzt mir«, sagte sie nicht ohne Stolz. Na ja, dachte ich, bei der blöden Äußerung einer etwas vollschlankeren Kundin gegenüber sicherlich nicht mehr lange.

»Wären Sie so nett, mir den Namen der Dame zu verraten?«

»Kann ich machen, Moment …« Sie blätterte in einem Buch, welches sie aus einer Schublade gezogen hatte. »Sie ist erst kürzlich umgezogen und wohnt jetzt in der Seilerstraße hier in Esens. Die Nummer weiß ich nicht.«

»Und wenn Sie mir jetzt noch verraten, wie sie heißt, wäre das nett.«

»Meta Johannson, aber ich glaube nicht, dass sie sie da antreffen.«

»Wieso?«

»Sie ist in Urlaub. Soviel ich weiß, wollte sie nur ein paar Tage auf einer der Inseln ausspannen.«

»Und wann kommt sie wieder?«

Mit ihrem spindeldürren Zeigefinger fuhr sie an einem Wandkalender die Spalten entlang. »Ich glaube, sie kommt morgen schon zurück.«

»Ich danke Ihnen.« Vor der Tür sah ich mir noch die Kleider an, die im Schaufenster der Boutique kunstvoll drapiert worden waren. Meines Erachtens konnten diese Sachen nur Besenstile tragen, aber keine normale Frau. Unauffällig lockerte ich meinen Ledergürtel und machte mich auf den Heimweg.

***

Das Café Kluntje war bis auf den letzten Platz gefüllt. Leevke zwinkerte mir zu, als ich hereinkam. »Alles gut«, flüsterte sie mir zu und jonglierte ein Tablett mit Kuchentellern elegant an mir vorbei. Schnell verstaute ich meinen Rucksack unter der Theke und begann, die benutzten Gläser zu säubern, während ich Leevke dabei zusah, wie sie flink durch den Raum zu schweben schien.

Sie ermöglichte mir durch ihre Schnelligkeit und ihren guten Überblick manche freie Stunde, aber ich wollte dies auf keinen Fall ausnutzen. Einmal hatten wir Teelse gebeten, auszuhelfen. Ich war im Krankenhaus, mein Blinddarm hatte das Bedürfnis gehabt, sich von mir zu trennen.

Teelse hat in dieser Zeit im Café Kluntje gearbeitet und während dieser vier Tage zwei Frauen Hausverbot erteilt, weil eine der Damen ihren nassen Regenschirm auf die Sitzpolster gelegt hatte. So blieb unsere Putzfee das, was sie war, nämlich der Mensch, der im Café Kluntje für eine gepflegte Umgebung sorgte.

Zügig räumte ich das benutzte Geschirr von den Tischen und stellte die Bücher, in denen meine Gäste gelesen hatten, wieder in die Regale zurück. Zwischendurch sah ich in die Küche, wo Selma gerade dabei war, Erdbeeren auf einem Tortenboden zu verteilen. Sie sah nur kurz auf und widmete sich wieder ihrer Tätigkeit.

»Dir lässt das keine Ruhe, oder?«, sagte sie, ohne mich anzusehen.

»Was meinst du denn?«

»Ich habe gehört, wie du dich mit Harm unterhalten hast. Wegen dem toten Mann dahinten.« Sie machte eine Kopfbewegung Richtung Gastraum. »Du willst unbedingt wissen, was dahintersteckt.«

Sie hatte mich durchschaut. »Es ist noch nicht einmal nur die reine Neugier …«

»Sondern?«

Wie sollte ich das am besten erklären? »Ich bin schon zweimal von Gästen gefragt worden, was sich hier im Café Kluntje abgespielt hat. Es wird eben viel getuschelt. Du kennst das ja«, grinste ich. »Auf gar keinen Fall will ich, dass jemand auf die Idee kommt, dass hier nicht alles so ist, wie es sein sollte und im Café Kluntje die Leute tot umfallen. Deshalb möchte ich unbedingt wissen, was hinter dem Tod des Mannes steckt. Offiziell sind wir alle aus dem Schneider, was eine eventuelle Mitschuld betrifft, aber ich muss herausfinden, was da genau passiert ist.«

Selma wischte sich ihre Hände an der Schürze ab und sah mir direkt in die Augen. »Genauso machst du das, dann bleibt wenigsten die Hoffnung, dass eines Tages alles wieder normal läuft.«

»Ja«, stöhnte ich, »alles soll so werden wie vorher.«

»Wird schon.«

»Sag mal, wie geht's denn deinem Mann?«, wechselte ich das Thema.

Selma strahlte. »Schon viel besser. Fridjof kann schon wieder sehr gut laufen. Das war aber auch zu blöd mit dem Treppensturz. Immerhin ist er fast achtzig.«

»Hauptsache, er wird wieder gesund«, freute ich mich mit Selma. »Ich gehe mal wieder nach draußen.«

»Reg dich bloß nicht auf«, rief mir Selma hinterher und rückte mit einer kurzen schnellen Bewegung ihren Büstenhalter wieder zurecht.

Gerade hatte ich zwei Schälchen Sahne für Leevke zurechtgestellt, als unsere Nachbarin von gegenüber hereinrauschte. Elaine Vogt-Holland war Anfang fünfzig, esoterisch angehaucht und hieß eigentlich mit Vornamen Else. Aber weil dieser französische Name die Strahlende bedeutete, ließ sie sich nur noch so ansprechen.

Wir hatten uns auf einem Gartenfest in der Nachbarschaft länger unterhalten und seitdem betrachtete sie mich als ihre Freundin. Sie trug, wie immer, eines ihrer Flatterkleider, wobei sie, so hatte sie mir verraten, immer darauf bedacht war, ihre Beine und Oberarme zu bedecken. »Weißt du Emely, irgendwie wird das gesamte Bindegewebe so wabbelig und gibt der Schwerkraft nach. Das muss ja nicht jeder sehen.« Ich hatte nur zustimmend genickt, denn ich wusste genau, wovon sie redete.

»Ach Emely«, rief sie nun und stürmte auf mich zu. Sie zog mich ein wenig zur Seite und senkte ihre Stimme. »Das ist ja ein schöner Mist, was ich da gehört habe. Erst gestern bin ich aus dem Urlaub zurück und dann das.«

»Es wird sich schon alles aufklären«, entgegnete ich. »Die Polizei wird schon den wahren Sachverhalt ermitteln.«

»Ich bin ein wenig durcheinander«, stöhnte sie, »Heiner wollte unbedingt durchfahren. Südfrankreich liegt ja auch nicht gerade um die Ecke.«

»Wer ist denn Heiner?«

»Kennst du noch nicht. Augenoptikermeister aus Duisburg.« Sie rollte mit den Augen. »Er ist so großzügig und sieht wahnsinnig gut aus.«

Aha, dachte ich, manche lernen es nie. Ihr Ex Ehemann Tom Holland hatte ihr nur den Nachnamen dagelassen, alles andere wie Schmuck und Geld indes mitgenommen.

»Ich wünsche dir viel Glück mit Heiner.« Das meinte ich ehrlich.

Elaine sah sich um. »Meinst du, dieser Vorfall ist schlecht für das Karma deines Cafés?«

»Ich hoffe nicht«, erwiderte ich. In diesem Moment kam meine Tochter herein. Elaine stieß einen spitzen Schrei aus, als sie Annalottas Jeans mit den mitgekauften Löchern sah. »Echt schick.« Sie strich sich über das Gesicht. »Ihr Süßen, ich muss mich hinlegen.« Sie warf uns eine Kusshand zu und rauschte hinaus.

Die Frau war ein echter Wirbelwind. Ich konnte mir nicht vorstellen, wie dieser Heiner stundenlang mit ihr im gleichen Auto verbracht hatte, ohne Tinnitus zu bekommen.

Besorgt sah ich meine Tochter an. »Geht's dir besser?« Mir gefiel das blasse Gesicht meiner Tochter nicht.

»Doch, schon ein bisschen. Ich gehe rüber zu Oma, die macht mir Pfannkuchen.«

»Und wo ist Wilko?«

»Der ist mit seinen Kumpels nach Emden.«

»Grüß Oma«, gab ich meiner Tochter mit auf den Weg. Der Rest des Nachmittags verging wie im Flug. Unsere Ostfriesentorte war der Renner. Selma war eine

Meisterin des Backens. Wenn sie mal nicht da war, hielt ich mich genauestens an ihr Rezept, aber ihre Torten schmeckten um Längen besser. Das bildete ich mir zumindest ein.

Abends nahm ich ein ausgiebiges Bad. Während das Wasser um meinen Körper strich, dachte ich an den toten Mann in meinem Ohrensessel. Was war er wohl für ein Mensch gewesen? Hatte er Feinde, die ihn hassten? Oder steckte eine Frau dahinter? Ich hatte mal gelesen, dass ein gängiges Mordmotiv Eifersucht war. Ich schlug mit der flachen Hand ins Wasser, sodass ein beträchtlicher Teil meines Duftbades auf meinem bunten Badezimmerteppich landete. Warum hatte sich die ganze Sache nicht in der Pizzeria nebenan abgespielt? Oder in einem Café in Hamburg? »Ich werde es herausfinden«, versprach ich mir selber. Laut hallten meine Worte wider.

5

Annalotta ging es am nächsten Tag erheblich besser. Sie war samt ihrer Lochhose und ihrem grellgrünen Rucksack schon frühzeitig zur Schule aufgebrochen. Die Kopien des Fotos, welches ich zwischen den Heizungsrippen gefunden hatte, holte ich aus meinem Büro und machte mich mit dem Fahrrad auf den Weg in den Möwenweg. Dort hatte, laut Telefonbuch, mein toter Gast Anton van Hoorn gewohnt.

Unter der angegebenen Hausnummer fand ich eine gepflegte verklinkerte Doppelhaushälfte. Auf dem Namensschild neben dem Briefkasten stand van Hoorn in Schnörkelschrift. Das mannshohe Gartentor an der Seite des Hauses war verschlossen. Ich stellte mich auf die Zehenspitzen, um in den Garten zu sehen. Ich war zu klein.

Beherzt drückte ich auf den Klingelknopf. Was hatte ich mir davon versprochen? Ich wusste doch, dass der Bewohner dieses Hauses nicht mehr lebte und mir die Tür nicht öffnen würde. Aber vielleicht war er verheiratet? Ohne weiter zu überlegen, drückte ich noch einmal auf den Klingelknopf und wartete gespannt, aber nichts rührte sich. Unschlüssig sah ich mich um.

Die andere Doppelhaushälfte war ebenso gepflegt und unterschied sich nur durch den andersfarbigen Gartenzaun.

Ich ging wieder zur Straße und betrat das Nachbargrundstück. Zu meinem Erstaunen las ich dort den gleichen Namen an der Haustür: van Hoorn. Vielleicht wohnte da seine geschiedene Frau? Was sollte ich sagen, wenn ich ihr gegenüberstehen würde? Ich hatte keine Ahnung, drückte aber trotzdem beherzt auf den Klingelknopf. Vielleicht versuchte ich es einfach mit der Wahrheit.

Eine hübsche mittelalte Blondine öffnete die Tür und sah mich durchaus freundlich an. »Moin.«

Ich blickte kurz zum Nachbarhaus und wollte gerade eine passende Erklärung abgeben, als die Frau meinem Blick gefolgt war.

»Sie wollten zu Anton? Er ist … Sie wissen sicherlich nicht, dass er verstorben ist?«

»Doch, das weiß ich«, stammelte ich. »Entschuldigen Sie bitte, mein Name ist Emely Petersen. Ihr Nachbar …

Herr van Hoorn ist in meinem Café verstorben.«

»Ach Sie sind das.« Erstaunt hob sie die Augenbrauen. »Entschuldigen Sie, ich hatte jetzt nicht damit gerechnet, Ihnen zu begegnen. Aber bitte, kommen Sie doch rein.«

Ich folgte der Dame des Hauses in einen großzügigen Wintergarten. »Bitte nehmen Sie doch Platz.«

»Danke, das ist sehr freundlich von Ihnen.« Vorsichtig setzte ich mich auf die Kante eines zierlichen Sessels. Das Sitzmöbel erschien mir nicht sonderlich stabil zu sein. So versuchte ich, nur mit einer Körperhälfte die Sitzfläche zu belasten.

»Sagen Sie Frau Petersen, Frau Sundermann ist doch Ihre Schwiegermutter?«

Erstaunt sah ich Sie an. »Sie kennen meine Schwiegermutter?« Neuharlingersiel war nicht sehr groß, aber es war nicht so, dass unbedingt jeder jeden kannte, zumal viele Zugereiste in den letzten Jahren das schöne Örtchen als neuen Lebensmittelpunkt auserkoren hatten.

Frau van Hoorn nickte. »Ich war vor vier oder fünf Jahren kurz Mitglied des Kirchenchors, da habe ich Frau Sundermann kennengelernt, aber sie wird sich bestimmt nicht mehr an mich erinnern.«

»Ja, möglich ist das, sie hat Sie aber nie erwähnt.«

»Wie gesagt, es war nur eine kurze Zeit. Mein Mann …, also er hat es nicht gerne gesehen …« Sie schwieg kurz, ehe sie weitersprach. »Was kann ich für Sie tun?«

Sie sah ein wenig mitgenommen aus. »Sie sind mit Herrn van Hoorn verwandt? Ich habe das Namensschild an Ihrer Tür gesehen.«

Sie hatte sich ebenfalls gesetzt. »Ja, Anton ist … war der Bruder meines Mannes. Ferdinand ist immer noch sehr traumatisiert. Die beiden Brüder haben sich eigentlich immer gut verstanden. Deshalb war unser Zusammenleben so eng beieinander sehr harmonisch.«

»War Ihr Schwager denn verheiratet?«

»Geschieden. Gundula lebt jetzt in der Schweiz, jedenfalls soviel ich weiß.« Sie schlug ihre Beine übereinander, während ich versuchte, möglichst flach zu atmen, denn der Sessel gab so komische Geräusche von sich. »Das ist alles schon so lange her. Mein Mann und ich sind auch schon über zwanzig Jahre verheiratet.«

»Sie müssen schon entschuldigen, dass ich so nachfrage«, versuchte ich, meine Neugier zu erklären, »aber es war schon ein Schock für mich und meine Mitarbeiter, als wir Ihren Schwager vorgefunden haben. Jetzt bin ich natürlich sehr daran interessiert, wie es dazu kommen konnte.«

Sie lächelte. »Das kann ich sehr gut verstehen. So etwas erlebt man ja auch nicht alle Tage. Darf ich Ihnen etwas zu trinken anbieten?«

»Danke nein«, sagte ich, »ich möchte Sie auch nicht lange aufhalten. Wann haben Sie denn erfahren, dass Ihr Schwager …«

Frau van Hoorn winkte ab. »Erinnern Sie mich nicht daran. Das war am nächsten Vormittag, nachdem Anton … ich hatte gerade mit einer Freundin telefoniert, als die Polizei hier auftauchte. Mich hat fast der Schlag getroffen. Ich habe Anton sehr gemocht, müssen Sie wissen.«

»Sie waren alleine zu Hause?«

»Bedauerlicherweise ja. Mein Mann war schon unterwegs. Ich habe ihn gleich auf seinem Mobiltelefon angerufen.« Sie senkte den Blick. »Er ist immer noch ganz fertig.«

»Welchen Beruf hat denn Ihr Schwager ausgeübt?« Hoffentlich gelang es mir, nicht allzu neugierig zu wirken.

»Ja, das ist so …«, begann sie, »Anton war freier Handelsvertreter und die ganze Woche unterwegs. Ich glaube, er hat ganz Deutschland bereist. Jedenfalls war er fast nur am Wochenende zu Hause. Es ist aber so …«

Plötzlich wandte sie den Kopf. Ein Mann stand in der Tür und sah mit einem verbiesterten Gesichtsausdruck von seiner Frau zu mir. Er begrüßte mich dann mit einem knappen »Moin«.

»Ferdinand, wieso bist du denn schon zu Hause?«

Das musste der Ehemann der Blondine sein. Er kam auf mich zu und reichte mir die Hand. »Und Sie sind?«

»Emely Petersen, mir gehört das Café, in dem Ihr Bruder verstorben ist.« Schon auf den ersten Blick war der Mann mir unsympathisch. Es gibt Menschen, die sieht man und hat sie total gefressen. »Sie werden sicher verstehen, dass ich mich für Ihren Bruder interessiere. Der Vorfall beschäftigt uns alle.«

»Jessika, könntest du bitte mal meinen Terminkalender holen, er liegt im Flur auf der Kommode.« Zögerlich stand seine Frau auf und ging hinaus. Es war offensichtlich, dass er sie loswerden wollte.

»Hören Sie Frau Patterson …«

»Petersen«, berichtigte ich ihn.

»Meinetwegen. Das Ganze belastet meine Frau sehr, Deswegen würde ich Sie bitten, jetzt zu gehen.«

Frau van Hoorn kam zurück und reichte ihrem Mann einen braunen Terminkalender, den er achtlos zur Seite legte.

»Ich will Sie nicht länger stören«, sagte ich und

bemerkte, dass zwischen diesem Ehepaar eine derartige Spannung herrschte, dass man damit eine mittlere Großstadt mit Strom versorgen könnte. »Aber ich hätte noch eine Frage.« Umständlich zog ich die Kopien des Fotos aus meiner Tasche und reichte sie Ferdinand van Hoorn. »Das Original hat die Polizei. Ich hatte mir eine Kopie gemacht. Ich nehme an, das sind Sie mit Ihren Geschwistern?«

»Ja, das war in jungen Jahren.«

Ich zeigte auf den Text der Rückseite. »Haben Sie eine Ahnung, wer das geschrieben hat und was das bedeutet?«

Sein Gesicht wurde zornig. »Das hat Astrid drauf geschrieben.«

Jessika stand wortlos neben ihren Mann und schien nicht zu atmen.

»Und wer ist Astrid?«, lächelte ich und hoffte, dass er erst explodieren würde, wenn ich das Haus bereits wieder verlassen hatte.

»Astrid ist meine und Antons Schwester und hat in Emden ein Handarbeitsgeschäft.« Er setzte sich und schlug mit der flachen Hand auf die Sessellehne. »Meine Schwester ist eine Hexe und hat uns das Leben schwer gemacht. Astrid hat Anton gehasst. «

Jessika trat zu ihrem Mann und legte liebevoll eine

Hand auf dessen Schulter. »Ich bringe dir gleich etwas zu trinken.« Sie sah mich entschuldigend an und zuckte mit den Schultern. »Vielleicht ist es wirklich besser, Sie gehen jetzt, Frau Petersen.«

»Ja, das denke ich auch.« Kurz und knapp nickte ich dem Hausherrn zu. Seine Frau brachte mich zur Tür und hielt mich plötzlich am Arm fest. »Im Grunde genommen kann man getrost die ganze Familie van Hoorn mit einem Becken voller Krokodile vergleichen«, flüsterte sie. »Wo man auch hintritt, man wird sofort aufgefressen.«

»Danke für Ihre Freundlichkeit und alles Gute«, entgegnete ich und verließ das Haus.

6

»Es ist nämlich so«, grummelte Netti, »bei den Männern endet die Pubertät leider erst mit dem Tod.« Sie sah die anderen Teeschwestern an und nickte vielsagend. »Ich weiß, wovon ich rede.«

»Woher kommt denn diese Weisheit?«, wollte ich wissen. Gerade hatte ich mich für einen kurzen Klönschnack zu den Teeschwestern an deren Tisch im Café Kluntje gesetzt und lauschte dem Geplauder der Damen.

Tabea nickte. »Das kann ich bestätigen. Hans-Günter hat auch manchmal so Anwandlungen. Ich denke dann jedes Mal, meine jüngste Tochter steht im Alter von vierzehn Jahren vor mir.«

»Siehste, das Problem habe ich nicht«, grinste Franziska, »ich habe meinen Mann rechtzeitig in die Wüste geschickt.«

Tabea hob die Augenbrauen. »Ich hatte in Erinnerung, dass er von alleine gegangen ist, und zwar zu der

Schnepfe aus der Drogerie.«

Franziska wollte gerade heftig protestieren, als ich Netti kurz anstieß. »Was hat denn Horst jetzt schon wieder gemacht? Ich meine wegen der Pubertät?«

»Er hat, haltet euch fest, sein Fahrrad repariert und sich dafür einen Lappen aus dem Haus geholt.«

»Und was ist daran schlimm?«, wollte Tabea wissen.

»Weil er meine Seidenbluse vom Küchenstuhl genommen hat und damit sein olles Fahrrad abgeschmiert hat. Die Bluse war zwar nicht mehr neu, aber trotzdem noch total in Ordnung. Ich hatte sie dahin gelegt, weil ich sie bügeln wollte. Aber Horst hat nur ein Stück Stoff gesehen und zack war sie weg.«

»Oha, das ist natürlich schlimm«, pflichtete ich Netti bei und konnte mir nur mit Mühe das Lachen verbeißen.

Franziska strich Netti über den Arm. »Das ist echt blöd, aber ich habe mal gelesen, dass Männer irgendwie anders gucken als Frauen.«

»Was soll das denn heißen?«, entrüstete sich Netti.

»Also, das ist so«, setzte Franziska zu einer Erklärung an. »Männer können besser einparken, sehen aber keinen Schmutz und hören nie zu.«

Jetzt lachte Netti. »Ja, genau so ist es.« Sie sah mich an. »Emely, könnten wir noch so einen Likör haben?«

»Klar«, nickte ich. »Ihr alle?«

»Logisch«, grinste Tabea. »Sonst ist eine lustiger als die andere.«

»In Ordnung, kommt gleich.« Wenige Minuten später servierte ich den drei Damen das Gewünschte. »Lasst es euch schmecken.«

Die Tür öffnete sich und Harm und Sigurd schneiten herein. »Kaffee die Herren?« Ich sah die beiden fragend an. Der schöne Sigi trug jetzt einen klitzekleinen Ohrstecker. Dass die das bei der Polizei dürfen?, wunderte ich mich im Stillen, musste aber zugeben, dass das bei ihm gut aussah.

»Ja Kaffee, gerne«, nuschelte Harm. Sein Kollege nickte nur.

Nachdem ich ihnen das Gewünschte gebracht hatte, setzte ich mich kurz zu den beiden Gesetzeshütern. »Hör mal Harm, du kannst dir ja vorstellen, dass uns allen die Sache sehr an die Nieren gegangen ist. Deshalb möchte ich gerne mehr über diese Angelegenheit wissen.«

»Frau Petersen«, begann Sigurd und holte tief Luft. Ich reichte ihm die Hand. »Ich bin Emely. Schon vergessen? Wir duzen uns alle hier.«

Er zeigte sein ebenmäßiges weißes Gebiss. »Hab‘s vergessen. Ich bin Sigurd … Sigurd Monsmann.«

»Sehr schön Sigurd. Was wolltest du sagen?«

»Ja, ich weiß nicht, ob wir die internen Informationen so einfach rausgeben können?«

»Quatsch«, mischte sich Harm ein. »Das steht ja eh bald alles in der Zeitung.«

»Ja, oder so«, gab Sigurd klein bei.

»Also, was willst du wissen?« Harm trank einen Schluck Kaffee, nachdem er sechs Teelöffel Zucker hineingetan und mit abgespreiztem kleinem Finger umgerührt hatte.

»Ich habe mal im Internet wegen dem Gift geforscht«, sagte ich, »wegen dem … wie hieß das noch?«

»Rizin«, half mir Sigurd aus,

»Ja genau. Habt ihr irgendwelche Informationen, wann Herr van Hoorn das Gift eingenommen hat? Schließlich ist er ja noch auf seinen beiden Beinen in das Café gekommen. Folglich muss das irgendwann vorher gewesen sein.«

»Du hast recht«, nickte Harm. »Kommissar Freese hat mir erzählt, dass der Mann das Gift am Morgen seines Todestages zwischen sechs und zehn Uhr eingenommen haben muss.«

»Und gestorben ist er zwischen vier und fünf Uhr hier im Café Kluntje«, ergänzte Sigurd mit Nachdruck.

»Dann müsste man ja nur herausbekommen«,

überlegte ich, »was er an jenem Tag morgens und vormittags gemacht hat.«

»Ja, das müsste man«, meinte Harm lakonisch und süßte seinen Kaffee nach, verzichtete aber auf das Umrühren. Leevke brachte gerade den Teeschwestern noch eine Runde Likör, die die Damen mit einem seligen Lächeln und hochroten Köpfen hinunterkippten.

7

Wilko saß am Laptop, als ich am nächsten Morgen in die Küche kam. »Moin Mama«, nuschelte er und starrte auf den Bildschirm.

»Was machst du denn schon so früh am Morgen hier?«, wunderte ich mich und setzte mich mit einer Tasse Kaffee an den Küchentisch. »Du kommst doch sonst nie aus dem Bett.«

»Wegen dir«, grinste er. »Ich installiere gerade ein Programm auf deinem PC, mit dem du deine Einnahmen verbuchen kannst. Dadurch erhältst du einen besseren Überblick. Das mit deiner Zettelwirtschaft geht ja nicht so weiter.«

»Das ist aber nett von dir«, bedankte ich mich bei meinem Sohn, befürchtete aber insgeheim, dass ich mit diesem Bürokram nicht zurechtkommen würde. Mail und Internetsuche konnte ich gut, aber dann hörte es auch schon auf. »Aber du erklärst mir das später noch mal?«

»Klar«, nickte er.

»Und wo ist deine Schwester?«

»Die schläft noch. Hat erst zur zweiten Stunde.«

»Aha …«, murmelte ich und ging ins Bad. Nach ausführlicher Restaurierung meines Gesichts begab ich mich nach unten. Selma und Leevke waren gerade dabei, ein paar Schokotörtchen zu verzieren.

»Moin Emely«, grinste Leevke und zeigte auf mein Gesicht. »Du hast da noch Creme.«

»Wo?« Erschrocken fuhr meine Hand ins Gesicht.

»Unter dem rechten Auge.«

Fahrig wischte ich an der Stelle über meine Wange. »Und weg?«

»Ja, alles weg«, bestätigte die junge Frau.

»Ich mach mir ja nix ins Gesicht«, verkündete Selma, »von all dem Kram krieg ich Pickel.«

»Da sparst du sicher eine Menge Geld«, vermutete ich.

Selma nickte. »Aber reich geworden bin ich auch nicht.«

»Ich muss noch mal los«, informierte ich die beiden, »Wenn das Hauptgeschäft losgeht, bin ich wieder da.«

»Bist du immer noch mit der Sache mit dem Mann beschäftigt?«, wollte Selma wissen. »Ich bin echt gespannt, was da rauskommt.«

»Ja, ich auch, aber ich frage ja nur ein bisschen rum,

sonst nix«, meinte ich und ging Richtung Küchentür.

»Hier ist alles paletti«, rief mir Leevke hinterher und winkte mir zu.

Am Abend zuvor hatte ich mir die genaue Adresse der ehemaligen Boutique-Besitzerin Meta Johannson herausgesucht.

Mit dem Bulli brauchte ich nur fünfzehn Minuten zu der angegebenen Adresse. Ich parkte schräg gegenüber. Es handelte sich um ein mehrstöckiges sehr gepflegtes Apartmentgebäude mit Penthouse.
Der Name Johannson stand neben dem oberersten Klingelknopf. »Ja bitte?«, ertönte es aus der Sprechanlage.

»Moin, mein Name ist Emely Petersen. Ich hätte Sie gerne mal gesprochen.«

»Weshalb?«, hallte es kurz und knapp an mein Ohr.

»Es handelt sich um Anton van Hoorn.«

Einen kurzen Moment war es ruhig, dann ertönte der Summer. »Sie müssen mit dem Lift ganz nach oben fahren«, wies mich die Stimme an, »ich wohne im Penthouse.«

Der Fahrstuhl brachte mich nach oben. Mit einem surrenden Geräusch öffnete sich die Tür und ich stand mitten in einem enorm großen Eingangsbereich, in dem gut und gerne meine ganze Wohnung Platz gehabt hätte.

Eine schlanke Frau Mitte vierzig kam auf mich zu und reichte mir die Hand. »Kommen Sie bitte.«

»Danke«, murmelte ich und folgte ihr in einen noch größeren geschmackvoll eingerichteten Wohnraum. Frau Johannson trug wieder so einen unverschämt engen Rock, sodass sie sich nur mit kleinen Tippelschritten bewegen konnte. Ich hatte mal im Fernsehen gesehen, wie die Geishas liefen, das sah genauso aus. Ein Gedanke schoss mir durch den Kopf. Was war, wenn sie mal aufs Klo ging? Wahrscheinlich war es dann nötig, dass sie sich total entkleiden musste. Emely, denk nicht so einen Unsinn, ermahnte ich mich selbst und folgte Frau Johannson.

»Bitte.« Die Dame des Hauses zeigte auf einen riesigen Polstersessel. »Nehmen Sie doch Platz.«

Gerne kam ich ihrer Bitte nach und versank total in den weichen Polstern.

Frau Johannson nahm mir gegenüber auf einem weißen Holzstuhl Platz. »Sie sagten, Sie kämen wegen Anton van Hoorn?«

»Ja, so ist es. Sie kannten ihn?« Unauffällig versuchte ich, mich etwas aufrechter zu setzen.

Sie nickte. »Ja, ich kannte Anton. Er ist ja leider …« Sie sprach nicht weiter.

»Anton van Hoorn ist in meinem Café Kluntje in Neuharlingersiel verstorben. Wenn ich mich recht erinnere, waren Sie es, die ihn an dem Tag, als er starb, begleitet hat?«

Sie nickte. »Ja, wir hatten noch einiges zu besprechen. Nach einer halben Stunde bin ich allerdings gegangen, da war Anton noch wohlauf.«

»Ich kann mich zwar noch gut daran erinnern, wie Sie mit Herrn van Hoorn hereingekommen sind, aber wie lange Sie dort waren, kann ich nicht sagen.«

»Ich sagte doch eben ...«, begehrte sie auf.

»Warten Sie«, unterbrach ich sie, »das sollte auch kein Vorwurf sein.«

Sie atmete erleichtert auf. »Wissen Sie, dass alles ist mehr als unangenehm.«

»Vielleicht muss ich Ihnen noch erklären, wieso ich Sie überhaupt aufsuche«, begann ich und versuchte, auf der elastischen Sitzfläche ein wenig nach vorne zu rutschen. »Es liegt mir viel daran, etwas über die wahren Hintergründe des Todes von Herrn van Hoorn herauszufinden. Sicherlich denkt niemand, dass wir vom Café Kluntje etwas damit zu tun haben, aber es ist mir trotzdem wichtig.« Und außerdem bin ich wahnsinnig neugierig, ergänzte ich in Gedanken.

»Es wäre für mich auch eine Erleichterung, wenn

ich wüsste, was mit Anton geschehen ist«, antwortete Meta Johannson.

»War er Ihr Lebensgefährte?«

Sie zuckte mit den Schultern. »Ich weiß nicht, ob man das so sagen kann. Wir hatten immer getrennte Wohnungen und jeder hat über sein eigenes Geld verfügt. Ich war die Inhaberin einer Boutique, wie Sie ja wissen. Meine Nachfolgerin hat mich übrigens heute Morgen schon informiert, dass jemand nach mir gefragt hat. Wie sind Sie überhaupt auf mich gekommen?«

»Sie hatten am besagten Tag eine Stofftasche bei sich. Jemand hat sich an den Aufdruck erinnert.«

»Ach ja, die Taschen.«

Sie war hübsch, fand ich, nur die überkorrekte Kleidung störte mich ein bisschen. Ihre Bluse war bis auf den letzten Knopf am Hals geschlossen. Der Blazer saß eng an ihrem Körper und die Schuhe bestanden nur aus ein paar Riemchen mit Sohle, aber ansonsten … »Darf ich Sie fragen, wo Sie Herrn van Hoorn kennengelernt haben?«

Sie senkte den Kopf. Im ersten Moment dachte ich, ihr wäre die Frage peinlich, aber dann bemerkte ich ihr Grinsen.

»In einem Dating Portal. Eigentlich bin ich für solche

Sachen gar nicht zu haben, aber meine Freundin … wir hatten ein paar Gläschen Rotwein getrunken. Ich habe so etwas noch nie gemacht.« Sie räusperte sich. »Kurz und gut, ich habe mich dort angemeldet.«

»Und dann hat sich Anton van Hoorn gemeldet?«

Sie nickte. »Bei der Anmeldung konnte man die Postleitzahl angeben und einen Radius festlegen, in dem man Antworten erhalten wollte. Es wäre sehr umständlich gewesen, wenn sich zum Beispiel ein Herr aus München gemeldet hätte.«

»Und dann haben Sie sich getroffen?« Ob man im Internet wirklich einen netten Mann kennenlernen konnte, bezweifelte ich, aber es war eventuell die einzige Möglichkeit, Bekanntschaften zu schließen. Den meisten Menschen ging es vielleicht so wie mir, arbeiten und abends keine Lust mehr, irgendwas zu unternehmen.

»Ja, wir haben uns recht bald verabredet. Anton war mir auf den ersten Blick sympathisch.«

»Und wie lange dauerte Ihre Beziehung?«

»Alles in allem vier Jahre, aber eigentlich waren wir schon nach zweieinhalb Jahren nicht mehr zusammen.«

»Aja, und wieso …?«, fragte ich und hoffte, dass sie weitersprach.

»Wissen Sie, Anton war ein Mensch, den man

nie richtig kennenlernen konnte. Er war immer ein bisschen geheimnisvoll. In den ersten Monaten unsere Bekanntschaft sind wir oft auf eine der Inseln gefahren und haben uns den Nordseewind um die Nase wehen lassen. Oder wir haben gemeinsam gekocht oder waren im Theater. Anton ist auch regelmäßig zu einer Tanzschule gefahren. Er liebte Tango über alles und machte jeden Kurs mit, den er buchen konnte. Ich war zweimal mit, aber das ist nichts für mich. Ich finde die Musik so schwermütig.« Sie seufzte. »Später kam es immer häufiger vor, dass er für Tage nicht zu erreichen war. Er war ja Handelsvertreter und viel unterwegs, aber ungefähr alle zwei Tage kam er bei mir vorbei. Er sagte mal, dass er es liebend gerne in Kauf nimmt, nachts noch ein paar hundert Kilometer zu fahren, nur um mich zu sehen.«

»Das hat Ihnen doch bestimmt geschmeichelt«, vermutete ich und dachte an Netti, die bei jeder Gelegenheit darauf hinwies, dass man Beziehungen gut mit Autos vergleichen könne. Wenn erst der erste Lack ab wäre, käme nur noch Blech zum Vorschein, und genauso sei es auch bei den Männern: alles Blech unterm Lack.

Frau Johannson war aufgestanden, in die angrenzende Küche gegangen und kam mit zwei gefüllten

Wassergläsern zurück. Sie reichte mir eins. »Das ist alles, was ich habe. Ich habe noch nichts eingekauft.«

»Danke.« Erst jetzt bemerkte ich, wie durstig ich war. Mein nächster Gedanke galt den sanitären Anlagen in dieser Wohnung. Ob die genauso steril waren, wie dieses Zimmer hier? Unser Bad zu Hause glich hin und wieder einem orientalischen Basar, in dem die Kleidungstücke dekorativ über der Badewanne lagen. Da lagen Welten dazwischen.

»Eines Tages«, sprach Frau Johannson weiter, »hat mich meine Freundin darauf aufmerksam gemacht, dass Anton immer noch auf dem Dating Portal aktiv wäre. Ich habe ihn natürlich direkt darauf angesprochen, aber er sagte mir, dass er nur vergessen hätte, sich abzumelden.«

»Haben Sie das geglaubt?«

Sie schüttelte den Kopf. »Er hatte sich sehr verändert, kam immer seltener vorbei und hielt sich auch sonst sehr bedeckt, was sein Privatleben betraf. Ich bat ihn, mich doch mal zu sich nach Hause einzuladen, was er aber mit fadenscheinigen Ausreden abgeblockt hat.«

»Das ist ja seltsam. Ich war an seinem Haus. Er hätte sich deshalb nicht schämen müssen.«

»Ja, ich weiß. Ich habe mir das Haus auch einmal angesehen. Ich habe das alles nicht verstanden.«

»Und dann haben Sie sich getrennt?«

»Nein, da noch nicht. Anton hat sich von mir Geld geliehen und versprochen, es zurückzuzahlen, was er aber nicht getan hat. Dabei hat er nicht schlecht verdient. Ich hatte aber den Eindruck, dass er über seine Verhältnisse lebte.«

»Sie haben also keine Ahnung, was er sonst noch gemacht hat oder für was er Geld gebraucht hat?«

»Nein, das weiß ich bis heute nicht. Er hat mich dann um ein Treffen gebeten, um sich mit mir auszusprechen. Wir sind gemeinsam ins Café Kluntje gegangen. Ich dachte, er wollte mir das Geld zurückgeben. Aber das Gegenteil war der Fall, er wollte mich noch einmal anpumpen.«

»Und dann sind Sie weg?«

»Ja, ich bin aufgestanden und gegangen.«

»Hat er Ihnen erzählt, was er an diesem Vormittag gemacht hat?«

»Nein, er hat nichts Derartiges erwähnt. An diesem Nachmittag habe ich Anton das letzte Mal gesehen.«

»Danke, dass Sie so offen waren«, sagte ich und hoffte, dass mich ihre Erzählungen weitergebracht hatten.

»Kein Problem«, lächelte die ehemalige Freundin des Toten, »wenn Sie noch Fragen haben, können Sie mich gerne anrufen.«

»Das werde ich vielleicht tun.« Ich streckte ihr meine Hand entgegen. »Wären Sie mal so nett?«

Nach einer Sekunde der Irritation ergriff sie meine Hand und zog mich aus den Tiefen des Polstersessels nach oben.

***

»Der ist so ein Arsch«, schimpfte Elaine gerade, als ich später die Küche des Cafés betrat. »Ein Oberarsch.«

»Hier, trink erst mal einen Schluck.« Selma reichte der völlig aufgelösten Nachbarin ein Glas Wasser. »Jetzt beruhige dich doch.«

»Wer ist ein Arsch?«, hakte ich nach, konnte es mir aber schon denken. Elaines Liebschaften hielten nie lange. Bei ihr waren Beziehungen, die ein halbes Jahr dauerten, superlang und standen gewissermaßen kurz vor der Silberhochzeit. »Du meinst bestimmt diesen Heiner?«

Sie nickte heftig und stampfte mit dem Fuß auf. »Der hat eine Frau und vier Kinder.« Um diesen sensationellen Hinweis noch zu verstärken, hielt sie Selma und mir vier ausgestreckte Finger unter die Nase.

»Und wie hast du das herausbekommen?«, wollte Selma wissen.

»Er hat seinen Schal bei mir vergessen. Deshalb

habe ich ihn auf seinem Handy angerufen. Der Schal ist ziemlich wertvoll und ich dachte, Heiner sucht ihn vielleicht. Als ich anrief, hat sich seine Frau gemeldet. Ich dachte zuerst, es wäre seine Mutter und bat sie, ihrem Sohn etwas auszurichten.« Elaine zog den Mund zusammen, dass er nur noch ein Strich war.

»Und was hat die Frau gesagt?« Irgendwie kam mir das alles so bekannt vor. Schon einige solcher Dramen musste ich miterleben.

»Sie hat gesagt«, zischte sie, »Ihr Mann wäre mit seinen vier Söhnen segeln.«

Genauso hatte ich mir das gedacht. »Ich nehme mal an, er hat dir seine Handynummer nicht gegeben«, vermutete ich, denn ich kannte Elaine, wenn es um Beziehungen ging, arbeitete sie mit allen Mittel.

»Nein«, gab sie kleinlaut zu, »ich habe sie mir notiert, als er unter der Dusche stand.«

»Und jetzt?«

»Den Schal habe ich in klitzekleine Stücke zerschnitten und im Klo runtergespült.« Triumphierend sah sie Selma und mich an. »So ihr Lieben, ich muss wieder. Es gibt viel zu tun.« Sie sprang auf und rannte raus.

»Die hat echt Nerven«, grinste Selma.

»Das kannst du laut sagen.« Nach Geros Tod hatte ich auch zwei ernstzunehmende Beziehungen, aber das war alles nichts. Die Männer waren, genau wie ich, in einem Alter, in dem die diversen Macken schon fest in der DNA verankert waren.

Als ich später in unsere Wohnung kam, stand Annalotta vor dem Spiegel im Flur und betrachtete ihre zartlilafarbenen Haare.

Ich war entsetzt. »Das sieht aus wie Zuckerwatte. Hast du sie etwa gefärbt?«

»Mama, reg dich ab, das ist nur Spray. Morgen früh gehe ich unter die Dusche, dann ist es weg. Aber jetzt gehe ich in die Disco.«

Ich ließ sie ziehen, ohne die sonst üblichen Ermahnungen hinterherzurufen. Wilko war bei einem Freund, so hatte ich meine Ruhe. Auf dem Küchentisch stand eine Schüssel Nudelsalat. Der war bestimmt von Oma Netti. Hungrig machte ich mich darüber her.

Später sah ich mir einen englischen Liebesfilm im Fernsehen an. Es war einer von der Sorte, bei dem ich normalerweise nicht mitdenken musste, sondern die Handlung plätscherte nur so dahin. Es war die totale Entspannung. Aber heute war das anders. Immer wieder schweiften meine Gedanken ab. Was war Anton van Hoorn für ein Mensch? Ich konnte mit ziemlicher Sicherheit davon ausgehen, dass er viel vor seinen Mitmenschen verborgen hat. Hatte er ein Geheimnis?

Wurde er deshalb vergiftet? Und für was benötigte er das Geld, welches er sich von Meta Johannson leihen wollte? Für Klamotten sicherlich nicht. Ich dachte an seine altmodische Jacke, die er am Tage seines Todes getragen hatte. Ich beschloss, seine Schwester in Emden aufzusuchen.

Langsam fielen mir die Augen zu. Genau in dem Moment, als der englische Lord Aniston das Zimmermädchen Jennifer um ihre Hand bat.

8

»Siehst du die Frau dahinten auf dem Sofa?«, flüsterte mir Netti zu. Wir standen im Café hinter dem Tresen und sahen den Gästen zu, wie sie plauderten, Tee tranken und sich amüsierten.

»Was ist denn mit der?« Ich versuchte, unauffällig in die Richtung des Ostfriesensofas zu schauen. Eine Frau, nicht mehr ganz jung und mit dicken Fleischarmen, bemühte sich, elegant und mit viel Grazie mit einer Kuchengabel ein Stück Ostfriesentorte mundgerecht abzustechen. Das einzige, was sie daran hinderte, waren die unzähligen Armreifen, die sich um ihre Handgelenke wanden. Jedes Mal, wenn sie die Hand senkte, rutschten alle Reifen nach vorne.

»Warum zieht die so einen Kram an?«, wunderte sich Netti leise und sah auf ihren einsamen Armreif an ihrem Handgelenk.

»Sie findet das vielleicht schön«, vermutete ich und

sah ihr zu, wie sie immer wieder ihren dicken Arm hob, die Armreifen zurück schüttelte, um dann wiederum zuzustechen.

»Wer schön sein will, muss eben leiden«, nuschelte Netti, »das hat meine Mutter früher immer gesagt.«

»Spätestens, wenn der Hunger auf die Torte zu groß ist, wird sie die Dinger ablegen.« Ich nahm ein Baumwollhandtuch und polierte die Gläser.

»Bist du immer noch auf der Suche nach demjenigen, der dem Mann am Fenster den Garaus gemacht hat?« Zögerlich nickte ich. »Ich kann nicht anders. Wenn Harm kommt, muss ich ihn unbedingt fragen, ob er etwas über die aktuellen Ermittlungen weiß.«

»Also wartest du jetzt ab?«

»Nicht unbedingt. Heute gegen Abend fahre ich nach Emden zu der Schwester des Verstorbenen.«

»Ich weiß nicht, was du dir davon versprichst. Du regst dich doch nur auf. Tot ist tot und fertig, kann man nix mehr machen.« Netti verzog sich mit einem Kopfschütteln.

Kurz vor Feierabend startete ich den Bulli und fuhr mit Schmackes rückwärts aus der Auffahrt heraus. Selma und Leevke hatten mich großmütig entlassen und versprochen, dass sie den Rest auch alleine schaffen.

Um die genaue Adresse des Handarbeitsgeschäfts von Antons Schwester zu erfahren, hatte ich meinen wartungsfreien Mitarbeiter Google bemüht. Es gab zwei entsprechenden Läden in Emden. Ich rief die erste Telefonnummer an und fragte, ob die Inhaberin einen Bruder namens Anton hätte. Die Frau am Telefon war mehr als ungehalten und vermutete, ich sei eine Reporterin. Mit meinem zweiten Anruf hatte ich Glück. Es war tatsächlich Anton van Hoorns Schwester. Frau Singer war sehr freundlich und erwartete meinen Besuch.

***

Das Handarbeitsgeschäft von Frau Singer lag in einer Nebenstraße, gleich hinter dem Emder Rathaus.

»Und Sie sind Frau Petersen?«, sprach sie mich sofort an, als ich den Laden betreten hatte.

Ich nickte. »Ja, wir hatten telefoniert.«

»Einen kleinen Moment bitte.« Sie ging an mir vorbei, schloss die Tür ab und drehte das ovale Schild mit der Aufschrift Geschlossen zur Straße hin um. »Kommen Sie, ich mache jetzt auch Feierabend. Wir können nach hinten gehen.«

Ich folgte ihr durch einen langen Flur in ein dunkles Hinterzimmer. Die Möbel waren alt und schäbig, das Sofa zierten ein paar dunkle Flecken und hatte sicherlich seine beste Zeit schon hinter sich.

»Bitte nehmen Sie doch Platz«, bat sie mich. Sie hatte meinen Blick zum Sofa bemerkt. »Ich muss mich mittags immer eine Stunde hinlegen. Die Beine … da hat sich immer schon eine Menge Wasser um meine Knöchel versammelt.«

»Ja, eine kleine Pause ist immer gut.« Dieses Problem kannte ich von Netti, die immer über geschwollene Beine klagte. Sie betonte wiederholt, dass sie in hundert Jahren nicht verstehen würde, warum sich Teile des Körpers ab mittags Richtung Erde bewegen würden. Frau Singer ließ sich auf das Sofa fallen und stöhnte. Mit einer heftigen Bewegung schob sie sich eines der geblümten Kissen in den Rücken. »Ja, da hat es Anton wieder einmal geschafft.«

Irritiert sah ich sie an. »Wie meinen Sie das?«

»Schon als Kind hat Anton alles getan, um die ungeteilte Aufmerksamkeit unserer Eltern zu bekommen.« Sie nahm ihre Lesebrille ab und verstaute sie in einem zerschlissenen Etui. »Er war der jüngste, Ferdinand war nur ein Jahr älter. Mich und Anton trennten immerhin zehn Jahre.« Sie wirkte verbittert.

»Was haben Sie denn damit gemeint, Ihr Bruder hätte es wieder mal geschafft?«

Frau Singer lachte bitter auf. »Ich bitte Sie. Wer stirbt schon in einem vollbesetzten Café? Also wenn das keine Aufmerksamkeit hervorruft.«

Im Stillen musste ich ihr recht geben, das war in der Tat mehr als ungewöhnlich, an solch einem Ort zu sterben. Aber was war der geeignete Ort für so etwas? Ein Krankenhausbett, im Schoß der Geliebten oder unter dem Chirurgenmesser? Auf jeden Fall war das Café Kluntje zum Sterben mehr als außergewöhnlich.

»Frau Singer, Ihren Worten entnehme ich, dass Sie sich nicht so gut mit Ihrem Bruder verstanden haben?«

»Es ist so …«, sagte sie und nestelte an ihrer Bluse herum, »man soll ja über Tote nichts Schlechtes sagen, aber mein Bruder … Ich kann mich noch gut an den Tag erinnern, als er geboren wurde. Es war … wie soll ich sagen?« Unsicher sah sie mich an. »Ich will Ihnen ja gerne etwas erzählen, aber im Moment weiß ich gar nicht, womit ich anfangen soll. Es ist ja nicht so, dass mich Antons Tod vollkommen unberührt gelassen hätte.«

»Vielleicht hilft es Ihnen, wenn ich einfach ein paar Fragen stelle, dann kommt der Rest von alleine«, schlug ich vor und bemerkte sofort ihre Erleichterung.

»Ja, das wäre schon besser.«

»Ihr Bruder hatte ein Foto bei sich. Ich nehme an, es

zeigt Sie mit ihren beiden Brüdern. Auf der Rückseite hatte jemand etwas vermerkt. Wir waren mal eine glückliche Familie – Schade.«

»Ja, das habe ich meinen Brüdern zukommen lassen. Es ist so traurig, dass wir uns so fremd geworden sind. Aus einer sentimentalen Laune heraus habe ich Abzüge machen lassen und an beide verschickt.« Sie hob erstaunt die Augenbrauen. »Und Anton hatte das Foto bei sich?«

»Ja«, antwortete ich. »Es ist ihm wahrscheinlich aus der Tasche gefallen.«

»Das erstaunt mich aber jetzt«, flüsterte sie und strich ihren Rock glatt.

»Wo sind Sie und Ihre Brüder aufgewachsen?«

»Auf der Insel Norderney. Unsere Eltern hatten da ein großes Hotel. Wissen Sie, auf einer Insel groß zu werden ist das Beste, was einem Kind passieren kann, aber in unserer Familie war das so … meine Eltern waren sehr beschäftigt. Deshalb hatten wir immer eine Kinderfrau.« Ihr Gesicht strahlte, als sie von der Insel erzählte.

»Sie hatten eben erwähnt, dass sie sich noch genau daran erinnern, als ihr jüngster Bruder geboren wurde.«

Frau Singer nickte. »Ich war ja schon zehn Jahre alt und habe das noch genau in Erinnerung. Die Gesichter der Erwachsenen sahen besorgt aus. Ein Jahr vorher, als Ferdinand zur Welt gekommen ist, haben alle gestrahlt und sich gegenseitig beglückwünscht, aber bei Anton …?«

»Vielleicht ist bei der Entbindung etwas schiefgelaufen?«

»Ja ich denke, so war es. Es hieß, das Baby wäre krank und bedürfe besonderer Aufmerksamkeit. Mein Vater hat sofort eine Kinderfrau eingestellt, die sich um uns kümmerte, denn meine Mutter stürzte sich, sobald sie dazu in der Lage war, wieder in die Arbeit im Hotel.«

»Wissen Sie denn, welche Krankheit Ihr Bruder hatte?«

Umständlich veränderte die Frau ihre Sitzhaltung.

»Die genaue Bezeichnung kann ich Ihnen nicht sagen, aber irgendetwas mit den Nieren. Er benötigte eine besondere Diät. Die Mahlzeiten wurden für ihn extra in der Hotelküche zubereitet. Meine Eltern und die Kinderfrau achteten nur noch auf Anton. Im Laufe der Jahre hat er sich zu einem egozentrischen Kind entwickelt.« Ein Lächeln huschte über ihr Gesicht. »Als Kind kannte ich diese Bezeichnung nicht, aber heute sehe ich das natürlich aus der Erwachsenenperspektive. Er fing an, sofort zu toben, wenn er etwas nicht bekommen hat. Man hat Ferdinand sein Spielzeug weggenommen, weil Anton damit spielen wollte.«

Das alles konnte ich mir sehr gut vorstellen. Schließlich haben meine Kinder auch um ein bestimmtes Spielzeug gekämpft, und wenn es der abgehalfterte Stoffclown war, der bis dahin von allen unbeachtet in der Kiste gelegen hatte. Aber die Erzählungen von Frau Singer ließen vermuten, dass die Eltern den jüngsten Sohn bevorzugt hatten. »Wurde es denn später besser?«

»Nein, im Gegenteil. Je älter Anton wurde, umso egoistischer wurde er. Seine Krankheit war so gut wie geheilt, aber meine Eltern und Anton haben ihr Verhalten nie geändert.«

»Irgendwann hat Ihr Bruder die Insel verlassen?«

»Ja, aber da war ich schon lange weg. Ich habe es schlichtweg nicht mehr ausgehalten, dass man Anton immer noch wie einen Erbprinzen behandelt hat.« Sie machte eine unbestimmte Bewegung und sah sich im Raum um. »Das alles hat meinem verstorbenen Mann gehört. Es war …« Sie räusperte sich, »… nun, eigentlich sollte ich das für mich behalten, aber es war keine Liebesheirat zwischen Joke Singer und mir. Ich wollte irgendwo unterkommen. Diese Heirat war meine Rettung.«

»Und Ihre Brüder?«

»Ferdinand ist auch von der Insel runter und hat bei einer Versicherung auf dem Festland eine Ausbildung gemacht. Ich glaube, er arbeitet heute noch dort.«

»Und Anton?«

Sie lachte laut auf. »Ich weiß gar nicht, wo ich beginnen soll. Er war Lkw-Fahrer, hatte einen Imbiss in Bremen und dann … warten Sie, ja, er hat auch mal in Hamburg in einem Bordell den Türsteher gemacht … anschließend war da noch die Sache mit der Tankstelle. Die letzten fünfundzwanzig Jahre hat er als freier Handelsvertreter gearbeitet.«

»Ein sehr bewegtes Leben«, sagte ich. »Ihre beiden Brüder könnten nicht unterschiedlicher sein.«

»Da haben Sie zu hundert Prozent recht«, stimmte mir Frau Singer zu. »Deshalb war ich auch sehr erstaunt, als er eine Doppelhaushälfte direkt neben seinem Bruder gekauft hat. Ferdinand hat sich auch gewundert, wie Anton die Anzahlung für die Immobilie aufgebracht hatte, war aber froh, keine Fremden zum Nachbarn zu haben. Und was das Haus anging, gepflegt hat Anton das ja, da kann man nichts Negatives sagen.«

»Was ist denn aus dem Hotel auf Norderney geworden? Sie haben doch sicherlich etwas geerbt?«

Sie stieß einen verächtlichen Laut aus. »Mein Vater hat alles unter die Leute gebracht. Es wurde gemunkelt, dass er ein Spieler gewesen wäre. Jedenfalls waren so viele Schulden aufgelaufen, dass das ganze Hotel unter den Hammer gekommen ist. Meine Eltern haben im Alter in einer Zweizimmerwohnung gelebt. Aber Anton hatte immer gewusst, woher er das nötige Kleingeld bekommen hatte. Meistens hat er die Leute angepumpt und das Geld nicht zurückgezahlt. Damit hat er sich viele Feinde gemacht.«

Anton van Hoorn muss ja ein schlimmer Finger gewesen sein, überlegte ich, aber wer hatte ein Interesse, den Mann zu töten? »Wann haben Sie Ihren Bruder denn das letzte Mal gesehen?«

»Puh … da fragen Sie mich was.« Sie legte den Kopf in den Nacken und schloss die Augen. »Ja, das war kurz nach meiner Augen-OP, und das ist jetzt fast auf den Tag genau ein Jahr her.«

»Gab es einen bestimmten Anlass für dieses Treffen?«

»Und ob«, zischte sie, »Anton wollte mich anpumpen. Sehen Sie sich doch hier um – sehe ich aus, als ob ich Geld zu verleihen hätte?«

Auf diese Frage erwartete sie sicherlich keine Antwort. »Hat er Ihnen gesagt, warum er sich Geld leihen wollte?«

»Ja, er hat gesagt, er schulde einem Mann Geld, weil er ihm eine Fälschung eines angeblich echten

Gemäldes verkauft hat. Fragen Sie mich nicht welches, aber der Käufer ist dahintergekommen und drängte jetzt auf Rückabwicklung des Geschäfts. Anton hatte das Geld aber nicht mehr, deshalb habe ich damals vorgeschlagen, dass er seinem Gläubiger alles in Raten zurückzahlen könnte, denn schließlich hätte er ein festes Einkommen. Aber mein Bruder ist ausgerastet. ›Glaubst du, der wartet, bis ich alles abgestottert habe?‹, hat er gebrüllt. ›Eher sitze ich im Knast wegen Betrugs. Der Mann kennt keine Gnade.‹«

Frau Singer schnaufte heftig, ihr Gesicht war puterrot. »Sehen Sie, ich rege mich immer noch auf. Auch wenn er mein Bruder war, Anton war ein Taugenichts. Er muss jemandem schwer auf die Füße getreten haben, sonst hätte ihn niemand umgebracht.«

»Wissen Sie denn, wer der Käufer des Bildes war?«

Astrid Singer zuckte mit den Schultern. »Wenn ich das noch wüsste. Anton hatte auch einen Namen genannt, aber den weiß ich nicht mehr … aber …« Sie hob die Hand und strahlte mich an. »Jetzt fällt es mir wieder ein. Das war der Besitzer eines alten Schlosses mit einem Café oder Restaurant … warten Sie, das war … Ja, Schloss Friesenburg in der Krummhörn. Das muss in der Nähe von Greetsiel sein, ja genauso hat Anton das gesagt.«

»Und diesem Mann hat Ihr Brüder die Fälschung verkauft?«

»Ja«, bestätigte sie mir, »und der muss ganz schön sauer gewesen sein.«

Vielleicht war der Mann so sauer, überlegte ich, dass er Anton ... »War die Polizei eigentlich schon bei Ihnen?«

Sie nickte. »Aber denen konnte ich auch nichts anderes erzählen als Ihnen. Nur die Sache mit meinen Eltern und dem jähzornigen Anton, das habe ich natürlich nicht erzählt. Das alles ist mir doch peinlich.«

Ich bedankte mich bei der Frau und fuhr nachdenklich nach Hause. Den Abend verbrachte ich damit, Netti zu beruhigen. Sie hatte herausgefunden, dass Horst heimlich Aktien von einem Telefonanbieter gekauft hatte, ohne dies mit ihr abzusprechen. Ich konnte sie mit viel Überredungskunst und ein paar Teelikörchen davon überzeugen, dass ihr Ehemann sicherlich in guter Absicht und Fürsorge gehandelt hatte.

Am nächsten Vormittag kamen Sigurd und Harm ins Café Kluntje, um Kaffee zu trinken. Ich stellte beiden das Gewünschte hin und setzte mich zu ihnen. »Harm, hast du inzwischen von dem Kommissar ein paar Einzelheiten zu dem Fall erfahren?«

Harm schüttelte den Kopf. »Der Kommissar ist

krank und sein Stellvertreter bekommt die Zähne nicht auseinander. Da hat alles nachfragen nix genützt.«

Er schlürfte umständlich einen Schluck Kaffee und knallte die Tasse unsanft auf den Unterteller. »Dass ihr den Kaffee immer so heiß machen müsst.«

»Du brauchst nur was zu sagen, dann bekommst du kalten Kaffee. Das ist eine unserer leichtesten Übungen.«

Zu meinem Erstaunen fing der schöne Sigi an zu lachen. Humor hat er ja, musste ich innerlich zugeben. Vielleicht war er gar nicht so doof?

»Emely, hast du mal daran gedacht, dass sich der Mann selbst vergiftet haben könnte?«, unterbrach Harm meine Gedanken. »Wäre ja immerhin möglich. Liebeskummer oder Geldprobleme?«

»Ich weiß nicht«, murmelte ich und dachte sofort an die Erzählungen von Frau Singer. »Aber wer nimmt schon Gift ein, setzt sich dann gemütlich zum Tee hin und wartet, bis er das Zeitliche segnet?«

»Stimmt«, meinte Sigurd, »das wäre echt blöd.«

»Aber wenn ihr doch noch etwas in Erfahrung bringt, dann sagt ihr mir Bescheid«, nötigte ich den beiden Männern das Versprechen ab. »Ich will jetzt nämlich wissen, was dahintersteckt.«

Beide nickten zustimmend.

Das Café füllte sich zusehends. Leevke und ich hatten alle Hände voll zu tun.
Selma hatte gerade ein neues Tortenrezept ausprobiert, als ich in die Küche kam. »Probier mal.« Sie hielt mir einen kleinen Teller mit einem orangenfarbenen Stück Torte hin. »Sanddorntorte mit Mandel. Hab ich mir heute Morgen ausgedacht.«

Langsam schob ich mir den süßen Leckerbissen in den Mund und konnte nur noch mit den Augen rollen, so köstlich war diese neue Schöpfung. »Selma, wenn wir dich nicht hätten«, schwärmte ich, »das Café Kluntje wäre nur halb so erfolgreich.«

Sie bedankte sich mit einem knappen Kopfnicken für das Lob und schlug mit einer Hand ein Ei in einen Becher.

Am späteren Nachmittag kamen die Teeschwestern, setzten sich an ihren Stammtisch und bestellten sich wie immer jede eine Kanne Tee und Torte.

»Emely, setz dich einen Moment zu uns«, bat mich Tabea. »Wir wollen nämlich unbedingt wissen, wie das mit dem toten Mann ausgegangen ist. Netti sagt ja nix.«

»Ich habe doch auch keine Ahnung«, maulte Netti und beschäftigte sich mit ihrem Stück Nusstorte.

»Von der Polizei habe ich noch nichts gehört«,

informierte ich die Frauen, um Zurückhaltung bemüht, »aber irgendwann werden wir erfahren, was da passiert ist.«

»Du weißt doch was?« Franziska sah mich streng an. »Ich sehe es dir an. Oder hast du jemanden kennengelernt?«

»Ich? Wie kommst du denn darauf?« Jetzt war ich aber perplex. Das war mal wieder typisch Franziska, alles hatte irgendeine Bedeutung und stand garantiert im Zusammenhang mit dem männlichen Geschlecht.

»Ich mein ja nur«, grinste sie. Franziska war trotz ihres fortgeschrittenen Alters keinem Flirt abgeneigt. »Man ist nie zu alt für Sex.«

Netti rümpfte die Nase. »Meine Liebe, wenn das Universum der Ansicht wäre, dass wir uns in unserem Alter in dieser Hinsicht betätigen sollten, hätte die Natur sicherlich verhindert, dass unsere Körper nach und nach verwelken.«

Tabea fing an zu lachen. »Je oller je doller.«

Die drei Freundinnen hatten Spaß am Leben, das konnte ich gerade hautnah miterleben. Als ich die schwatzenden Rentnerinnen so betrachtete, kam mir plötzlich ein Gedanke. »Hört mal ihr Lieben, wie wäre es mit einem kleinen Ausflug morgen?«

»Wie jetzt?« Franziska strich sich ihre frischgeföhnten

Haare aus dem Gesicht.

Tabea sah mich erstaunt an. »Du willst mit uns einen Ausflug machen? Das gab's ja noch nie. Wohin denn?«

»Ich dachte zum Schloss Friesenburg in der Krummhörn. Seht es einfach als Betriebsausflug an.«

Das klang eigentlich sehr plausibel. Die strahlenden Gesichter von Tabea und Franziska zeigten mir, dass sie keine Ahnung hatten, was sich hinter meiner großzügigen Einladung verbarg. Nur Netti hatte mich durchschaut und meinen Hintergedanken erraten. Sie nickte zustimmend und schwieg.

9

Am nächsten Nachmittag pünktlich um zwei Uhr standen die Damen vor unserem Haus, bereit zur Abfahrt. Teelse hatte versprochen, etwas früher ins Café Kluntje zu kommen und vor ihrer Reinigungstätigkeit am Abend in der Küche dafür zu sorgen, dass immer sauberes Geschirr vorhanden war.

»Ich muss aber vorne sitzen«, jammerte Tabea, »sonst kotze ich alles voll.«

Franziska und Netti nahmen hinten Platz. »Bist du in einen Parfümeimer gefallen Franziska?«, stänkerte meine Schwiegermutter und wedelte wild mit den Händen in der Luft rum. »Wie konntest du nur.«

»Du hast echt keine Ahnung.« Die Angesprochene sah beleidigt aus dem Fenster.

»Ich mache kurz das Fenster auf«, versuchte ich die Gemüter zu beruhigen. »Seid ihr alle angeschnallt?«

»Ja«, erklang es mehrstimmig.

Im Vorfeld hatte ich mich noch über die Friesenburg

und seinen Eigentümer schlaugemacht. Ein gewisser Gernod Ukena war Besitzer und Betreiber der dort ansässigen Gastronomie. Er schürte laut Aussage in der örtlichen Presse unentwegt das Gerücht, das Anwesen als ein direkter Nachkomme des ostfriesischen Häuptlings Focko Ukena geerbt zu haben. Außerdem war zu lesen, dass er ein erfolgreicher Kunstsammler und passionierte Segler war. Wieso ein Mann es erstrebenswert fand, ein Nachkomme eines ostfriesischen Häuptlings aus dem vierzehnten Jahrhundert zu sein, war mir schleierhaft, aber jeder, wie er mag.

Den Bulli parkte ich auf dem großzügigen Parkplatz gleich neben der Burg und schlenderte mit den drei schwatzenden Rentnerinnen zu der großen, gläsernen Eingangstür. Es roch alles sehr frisch und sauber, die Räumlichkeiten waren sicherlich erst kürzlich renoviert worden. Der Architekt verstand augenscheinlich sein Handwerk, denn geschickt hatte er die alten Gegebenheiten mit den neuen Anforderungen an ein Restaurant zu einer Einheit verschmelzen lassen.

Wir betraten über eine sehr aufwendig gestaltete Eingangstür die Burg und gelangten in einen mehr als großzügigen Gastraum. Überwältigt von den prunkvollen Vorhängen und edlen Sitzbezügen in Weiß und

Grün wählten wir einen Ecktisch mit Blick auf einen wunderschönen gepflegten Park.

»Das ist aber edel hier«, flüsterte Tabea. Sie trug zur Feier des Tages einen mit Silberfäden durchzogenen Blazer.

Ich setzte mich so, dass ich den ganzen Raum überblicken konnte. Die Tische waren mit edlen Damast-Tüchern bedeckt und auf jedem standen frische Blumen. Für mich war das alles einen Tick zu vornehm, ich mochte es lieber ungezwungen und unkonventionell. Gero hatte einmal gesagt, ich wäre eher der ländliche rustikale Typ. Erst war ich sauer gewesen, aber dann hatte ich kapiert, dass er es nicht böse gemeint hatte.

»So ihr Lieben, ihr bestellt euch jetzt genau das, auf was ihr Lust habt. Netti, für mich bitte einen Tee und einen Windbeutel.« Ich stand auf. »Ich muss mal eben …«

»Geht klar«, nickte meine Schwiegermutter und grinste mich an. Schnurstracks lief ich zu einer Glastür an der Seite des lichtdurflutenden Raumes, hinter der ich die Toiletten vermutete. Hinter der Tür tat sich ein mindestens drei Meter breiter Flur auf. An den weiß getünchten Wänden hingen Kunstwerke wohin man blickte. Landschaften, Porträts und auch ein paar

Zeichnungen waren darunter. Dazwischen hing ein gerahmter Zeitungsausschnitt eines überregionalen Magazins, der besagte, dass der Kunstsammler Gernod Ukena von der Stadt Emden für sein Engagement in der Kulturförderung mit einem Preis ausgezeichnet worden war. Das Foto des Preisträgers ließ mich erstaunen. Ich hatte mir eher so einen Typ mit Schlapphut und Zigarre vorgestellt, aber Herr Ukena wirkte wie ein Aristokrat: blass und hochnäsig. Ich konnte mir beim besten Willen nicht vorstellen, dass dieser blutleere Typ so etwas Niederträchtiges wie einen Mord verüben konnte.

»Da war er noch jünger«, wisperte eine zarte Stimme neben mir. Sie gehörte einer älteren, kleinen Frau, die plötzlich neben mir stand und mit hochgestrecktem Kopf das Bild betrachtete. »Mein Sohn«, sagte sie nicht ohne Stolz und schürzte die Lippen.

»Ihr Sohn ist das?«, entfuhr es mir. »Da sind Sie aber bestimmt mächtig stolz auf ihn. Ich meine wegen der Anerkennung für seine Verdienste für Kunst und Kultur.« Ich konnte es gar nicht fassen, dass ich ausgerechnet der Mutter meines Zielobjektes in die Arme gelaufen war.

»Ja, sehen Sie«, erzählte die Mutter des Kunstmäzens, »diese ganzen Gemälde hat mein Sohn in den letzten zehn Jahren erworben. Er hat mit dem Ankauf der

Bilder manch jungen Künstler gefördert und zu Anerkennung verholfen. Für einige dieser Objekte hat er ein Vermögen ausgegeben.«

»Ich habe gehört«, sagte ich, »dass für manche Gemälde Unsummen bezahlt werden. Hatte Ihr Sohn immer Glück? Ich meine wegen der Echtheit der Arbeiten?«

»Jetzt, wo Sie das sagen, fällt es mir wieder ein«, seufzte sie. »Einmal hat ihn jemand übers Ohr gehauen. Wissen Sie, Gernod ist ja kein Kunstsachverständiger, aber er hat immer vertrauensvoll mit diversen Kunsthändlern zusammengearbeitet.«

»Was ist denn passiert?«

»Gernod hat mal ein Kunstwerk von einem Privatmann erworben. Ich glaube, der Verkäufer war ein Niederländer, jedenfalls klang sein Name so. Er hieß van Soundso … ich habe den genauen Namen vergessen.« Sie stützte sich auf eine Kommode. »Mein Sohn hat einen Haufen Geld für das Gemälde bezahlt. Und stellen Sie sich vor, nur durch Zufall ist das rausgekommen, dass er reingelegt worden war.«

»Hat er es selbst bemerkt?«

»Nein, aber ein Gast, der anlässlich einer Hochzeit hier auf der Friesenburg war, hatte sich gewundert, dass hier im Haus das gleiche Bild hing, wie bei seinem

Rechtsanwalt in München. Er hat sofort meinen Sohn darauf angesprochen.«

»Oh … das war aber mehr als ärgerlich für Ihren Sohn.« Ich freute mich immer mehr, an diesem Nachmittag der auskunftsfreudigen Mutter von Herrn Ukena begegnet zu sein. »Und wie ging die Geschichte aus?«

»Mein Sohn wollte das erst nicht glauben und hat das Bild einem Experten vorgelegt, der es als Kopie erkannte. Gernod hat den Mann angezeigt. Es kam zum Prozess und der Verkäufer wurde verurteilt, das Geschäft rückgängig zu machen. Er hat, soweit ich mich erinnern kann, eine Bewährungsstrafe wegen Betrugs erhalten.« Sie dachte einen Moment nach, während ich gespannt auf ihre weitere Erzählung wartete. »Das war ein Durcheinander. Mein Sohn war sehr wütend. Denn es stellte sich heraus, dass der Verkäufer den Kaufpreis schon verjubelt hatte und auch sonst kein Vermögen besaß. Der Mann war wohl berufstätig, aber wie lange hätte es gedauert, bis Gernod sein Geld wiederbekommen hätte? Wie der aktuelle Stand der Dinge ist, kann ich Ihnen nicht sagen.«

»Dann war der Mann bis auf sein Gehalt mittelos?« Ich wunderte mich ein wenig, denn Anton van Hoorn hatte ein gepflegtes Doppelhaus direkt an der

Nordseeküste besessen, dass sicher einiges wert war. Vielleicht stimmte die Geschichte, die Astrid Singer erzählt hatte, überhaupt nicht?

»Ach, jetzt habe ich mich aber verplaudert«, lächelte die alte Dame. Sie nickte mir huldvoll zu und schritt über den breiten Flur davon. Ich beschloss, zu Hause über das eben Gehörte in Ruhe nachzudenken, und kehrte wieder in den Gastraum zurück. Ich kam gerade noch rechtzeitig, um auch noch ein Glas von dem Schampus zu ergattern, den die Teeschwestern bei dem Kellner mit der langen weißen Schürze und der dunkelroten Fliege bestellt hatten.

10

»Deine verrückte Freundin war schon hier«, nuschelte Selma, als ich am nächsten Morgen in die Küche des Cafés kam. Hingebungsvoll rührte sie mit einem Schneebesen in einer hohen Plastikschüssel herum. Zwischendurch schob sie die Unterlippe nach vorne und pustete sich Luft ins Gesicht.

»Meinst du Elaine?«, fragte ich und beugte mich über Selmas Schüssel.

»Ja, genau die«, nickte sie, »sie wollte von mir wissen, wie lange sie warten müsste, bis sie einen ihrer Galane nach einem Streit anrufen könnte. Also ob ich das wüsste.«

Innerlich musste ich bei der Vorstellung grinsen, dass die ausgeflippte Elaine ausgerechnet die bodenständige Selma um Rat in dieser Sache gefragt hatte. »Und was hast du gesagt?«

»Ich kann dir sagen, die Frau ist ganz schön bekloppt.« Mit einer kräftigen Bewegung schmiss sie den Schneebesen ins Spülbecken und kippte die Schüssel über einem flachen Tortenboden aus. »Ich habe ihr gesagt, sie solle ihm eine liebenswürdige Textnachricht schicken und ihn mit dem falschen Vornamen anschreiben, damit er eifersüchtig wird. Das würde totsicher wirken.«

»Respekt«, sagte ich. »So viel Einfühlungsvermögen hätte ich dir gar nicht zugetraut.«

Sie zuckte mit den Schultern und richtete mit einer blitzschnellen Handbewegung den Träger ihres Büstenhalters. »Ich habe das mal in einem Film gesehen, da hat die Frau das so gemacht.«

»Und was ist passiert?«

»Der Mann hat endgültig Schluss mit ihr gemacht.« Mit einem zufriedenen Lächeln sah sie mich an. »Wenn die so blöd ist und ausgerechnet mich fragt?«

»Oh je, da bin ich aber mal gespannt, wie das …« Mein Telefon klingelte. Es war Teelse, die mich daran erinnern wollte, dass der Handtuchspender in der Damentoilette ausgetauscht werden müsse.

Sofort ging ich in mein kleines Büro und rief Tamme an, damit der den Handtuchhalter ersetzte.

Entspannt lehnte ich mich zurück und dachte an den gestrigen Nachmittag in der Friesenburg. Ukena hatte allen Grund, sauer auf Anton van Hoorn zu sein, obwohl ich die Möglichkeit in Betracht ziehen musste, dass es sich bei dem unseriösen Verkäufer des Gemäldes nicht um das Opfer handelte, denn van Hoorn war ja als Hauseigentümer kein armer Mann gewesen. Emely, ermahnte ich mich selbst, kümmere dich lieber um deine Arbeit hier im Haus. Schuldbewusst öffnete ich das Programm, welches Wilko auf meinem Laptop installiert hatte und begann, alle Daten in die dafür vorgesehenen Spalten einzutragen.

Ich will aber wissen, was für ein Mensch van Hoorn war, schoss es mir wieder durch den Kopf. Mir fiel der Flyer der Tanzschule ein. Wo hatte ich ihn …? Ja, hier unter dem Stapel der Rezepthefte. Mit spitzen Fingern zog ich ihn hervor.

Tanzschule Tango Argentino stand in geschnörkelter Schrift auf der Vorderseite, darunter die Postadresse des Etablissements. Außerdem eine Webadresse, die ich mir sofort ansah. Die Inhaberin war laut Impressum eine Wibke Lorenz. Erfreut stellte ich fest, dass am Abend wieder ein Tangotanzkurs begann. Auf keinen Fall wollte ich Tango tanzen lernen, aber ich könnte ja mal so tun, als ob und ein bisschen rumschnüffeln.

Mittags kam Netti vorbei und erzählte mir, dass sie eventuell mit Horst eine Woche an die Ostsee fahren würde, um mal auszuspannen. Dabei wusste ich, dass es Netti keine drei Tage ohne ihre Teeschwestern und die Tratscherei aushalten würde. Sie lieh sich von mir meine große Reisetasche. Ich wusste genau, dass sie die mir spätestens in zwei Tagen wieder zurückbringen würde, weil sie es sich anders überlegt hatte.

Nachdem das Café geschlossen hatte, zog ich mein geblümtes Sommerkleid mit Elastananteil an, bürstete meine mit hohem Silberanteil durchzogenen Haare und fuhr mit dem Bulli Richtung Aurich.

Die Tanzschule befand sich in einem am Stadtrand gelegenen Bauernhaus. Der ehemalige Scheunentrakt war hell erleuchtet, ein paar Leute liefen vom Parkplatz zur offen stehenden Tür.

Eine zierliche Frau ungefähr in meinem Alter begrüßte jeden Gast mit Handschlag. Ihre pechschwarzen Haare hatte sie zu einem Knoten im Nacken zusammengebunden. Ganz leicht schimmerten ein paar graue Haare an den Schläfen durch.

»Ich freue mich über jedes neue Gesicht«, begrüßte sie mich. »Ich bin Wibke Lorenz, die Inhaberin der Tanzschule. Kommen Sie …«

»Also eigentlich will ich mich nur informieren«, stotterte ich, »ich habe noch nie …«

»Das geht vielen meiner Gäste so.« Sie ging voraus und zeigte mir den Weg zu einer kleinen Bar an der

Seite des Raumes. »Bestellen Sie sich etwas zu trinken. Wenn Sie möchten, können Sie erst einmal zuschauen.«

»Danke, das ist nett von Ihnen.« Das war mir mehr als recht. Mühsam erklomm ich einen Barhocker aus Chrom, bestellte mir bei dem jungen Mann hinter dem Tresen eine Limonade und drehte mich zur Tanzfläche herum, wo Frau Lorenz gerade mit der Tanzstunde begann.

In einer diesen Frauenzeitschriften beim Zahnarzt hatte ich mal gelesen, dass Tango ein sehr erotischer Tanz sei, in dem die Körper des Paares zu verschmelzen schienen. Einer der Männer auf Frau Lorenz' Tanzfläche bewegte sich, als hätte er einen Stock verschluckt, während seinc Partnerin sich schlangenartig hin und her drehte. Beide strahlten und hatten sichtlich unbändige Freude an ihrem Tun. Zwei einzelne Herrcn gesellten sich zu mir an den Tresen, lächelten mich an, machten aber keinerlei Anstalten, das Tanzbein zu schwingen, wie ich erleichtert registrierte.

Frau Lorenz zeigte ein paar Tanzschritte, wiegte sich zu der Melodie in den Armen ihres jungen Assistenten und ermunterte durch ein aufmunterndes Klatschen ihre Kursteilnehmer, sich ebenfalls leidenschaftlich der Musik hinzugeben.

»Na, keine Lust?«, sprach sie mich nach dem Ende der Stunde etwas atemlos an, nachdem sie jeden ihrer Gäste mit Handschlag und einem herzlichen Lächeln verabschiedet hatte. »Ich kann gar nicht anders, als das Tanzbein zu schwingen.«

»Tanzen war noch nie meine Leidenschaft«, gestand ich. »Früher, als wir jung waren, vielleicht … aber das kann man ja nicht mit dem hier vergleichen. In den Discos wurde ja nur einzeln hin und her gehüpft.«

Der junge Mann hinter der Bar stellte seiner Chefin unaufgefordert einen Longdrink hin. Frau Lorenz hob das Glas an und leerte es fast mit einem Zug. Undamenhaft wischte sie sich mit dem Handrücken über den Mund und stellte fast geräuschlos das Glas wieder ab. Skeptisch sah sie mich an. »Sagen Sie, kann es sein, dass Sie überhaupt nicht am Tanzen interessiert sind?«

Ertappt sah ich zu Boden. Wieso hatte sie mich so schnell durchschaut? »Sie haben recht. Entschuldigen Sie bitte, dass ich nicht gleich den Grund meines Besuches genannt habe.«

»Und der wäre?«, hakte sie mit unbeweglichen Gesichtszügen nach.

»Es geht um einen Mann namens Anton van Hoorn. Es ist so …«

Frau Lorenz wich zurück. »Was wissen Sie über Anton?«

Ich setzte mich bemüht aufrecht hin. »Mein Name ist Emely Petersen und in meinem Café in Neuharlingersiel ist Herr van Hoorn gestorben.«

»Ach Sie sind das?« Frau Lorenz Gesichtszüge wurden weicher. »Eine schlimme Sache.« Sie gab dem jungen Angestellten ein Zeichen. »Mir kannst du noch mal das Gleiche bringen.« Sie sah mich an. »Für Sie auch? Ich lade Sie ein.«

»Gerne, aber ohne Alkohol«, antwortete ich. »Sie kannten Herrn van Hoorn gut?«, sprach ich weiter, nachdem wir unsere Getränke vor uns hatten.

»Ja, wir kannten uns fast drei Jahre.« Ihr Blick verklärte sich. »In einem Wellnesshotel sind wir uns das erste Mal begegnet. Wissen Sie, Anton wirkte eigentlich nicht so, aber er konnte ungeheuer charmant sein.«

»Und durch Sie ist er ein leidenschaftlicher Tangotänzer geworden?«

Frau Lorenz nickte. »Am Anfang hat er nur vorbeigeschaut und ein wenig mit mir geplaudert. Später konnte ich ihn animieren, mitzutanzen. Und ich muss sagen, ihn hatte es gepackt. Tango war eine Leidenschaft für ihn, in der er total versinken konnte.«

»Ich kannte ihn ja nicht, aber rein äußerlich schien er mehr der Mensch zu sein, der es nicht so mit dem Sport hatte, oder?« Am liebsten hätte ich die Worte wieder zurückgezogen, denn sie waren sicher in Anbetracht seines Ablebens nicht angebracht, aber Frau Lorenz schien mir das nicht übelzunehmen.

»Sie haben recht, er hat es nur mir zuliebe getan. Ich glaube, er war auch froh, dass er jemanden gefunden hatte, dem er seine Sorgen anvertrauen konnte.«

»Er hatte Sorgen?« Ein wenig wunderte ich mich, wieso sie überhaupt nicht nachfragte, warum ich mich nach Anton van Hoorn erkundigte.

»Anton war ein unruhiger Mensch«, erzählte sie weiter, »Heute hier, morgen da. Als wir uns kennenlernten, hatte er eine feste Freundin, aber die hat er dann abserviert.«

Dabei handelte es sich bestimmt um Meta Johannson, die mir ja erzählt hatte, dass ihr Freund von plötzlicher Tangoleidenschaft heimgesucht worden war.

»Ich persönlich kannte ihn überhaupt nicht«, sagte ich und hatte irgendwie das Gefühl, mein Handeln erklären zu müssen. »Ich möchte nur wissen, was für ein Mensch er war.«

Sie zuckte mit den Schultern. »Wie gesagt, er war ein sprunghafter Mensch. Er hat Sachen gekauft und wiederverkauft. Auf allen Hochzeiten wollte er tanzen und mit Geld konnte er auch nicht umgehen.«

»Da gibt es viele Leute, denen es so geht.«

»Ich bin da ja anders«, betonte die Tanzlehrerin. »Ich weiß aus dem Kopf meinen genauen Kontostand und alles Finanzielle ist bei mir top in Ordnung. Als Unternehmerin geht das ja nicht anders.«

Doch, das geht auch, erwiderte ich in Gedanken an meine unorthodoxe Buchführung. »Frau Lorenz, verzeihen Sie mir die indiskrete Frage, hat sich Herr van Hoorn mal Geld von Ihnen geliehen?«

Ihr Gesicht wurde rot. »Ja, ich muss es zugeben. Einmal hat er mich gebeten, ihm auszuhelfen. Die Summe war nicht besonders hoch, aber als er mir das Geld nicht zurückzahlen konnte, da war ich doch sehr sauer.«

»Er hat Ihnen das Geld nicht zurückgegeben?«

»Nein, hat er nicht. Er hat etwas von einem schiefgelaufenen Geschäft gefaselt und ich möge mich doch bitte gedulden. Eines Tages wollte er mich wieder anpumpen, aber ich habe strikt abgelehnt, auch weil es sich um eine größere Summe handelte.«

»Und was hat er dazu gesagt?«

»Er tat es einfach ab, obwohl ich ihm angesehen habe, dass er wirklich in Schwierigkeiten steckte. Ich machte ihm daraufhin einen Vorschlag, den er ohne zu zögern angenommen hat.«

Erstaunt hob ich den Kopf. »Welches Angebot haben Sie ihm gemacht?«

»Ich habe ihm sein Haus abgekauft. Anton ist mir sehr im Preis entgegengekommen. Er konnte über das Geld frei verfügen und ich hatte eine Wertanlage. So waren wir beide zufrieden.«

»Die Doppelhaushälfte von Herrn van Hoorn gehört Ihnen?«

Jetzt lächelte Frau Lorenz. »Ihm blieb nichts anderes übrig. Geschäft ist Geschäft. Ich trenne strikt beruflich und privat, auch wenn Anton und ich uns sehr nahe standen.«

Irritiert sah ich sie an. »Sie waren doch ein Paar, oder?«

Sie nickte. »Ja, wir waren ein Paar, sogar ein Ehepaar.«

Jetzt fiel ich fast vom Hocker. »Sie waren mit Anton verheiratet?«

»Ja, vor vier Wochen waren wir auf dem Standesamt. Wir hatten es aber noch nicht offiziell gemacht.« Lächelnd sah die Witwe des Mannes, der in meinem Ohrensessel verstorben war, auf den schmalen Ehering an ihrer rechten Hand, den ich erst jetzt bemerkte.

11

Die nächsten beiden Tage hatte ich fast ausschließlich damit verbracht, die Personen aus dem Umfeld von Anton van Hoorn in meinem Kopf zu sortieren.

»Emely, wo bist du mit deinen Gedanken?«, stieß mich Netti an, als ich gerade im Begriff war, den Kerzenanzünder in die Schublade der Registrierkasse zu schieben. »Ich denke, es ist an der Zeit, mit deiner Schnüffelei aufzuhören.« Missbilligend sah sie mich an. »Man muss nicht alles wissen.«

»Man nicht, aber ich«, blaffte ich sie an und warf den Kerzenanzünder in eine andere Schublade. »Entschuldige bitte Netti, dass ich so ungehalten reagiert habe, aber irgendwie habe ich das Gefühl, ich tue etwas Verbotenes.«

»Na ja, es ist ja nicht verboten, neugierig zu sein, aber wenn es zu sehr deine Gedanken beeinflusst, solltest du ein wenig achtsamer sein.«

»Ja, du hast ja recht«, gab ich zu und strich mir die Haare aus dem Gesicht.

»Ehe ich es vergesse, du sollst mal zu Selma kommen. Ich muss wieder …«, nuschelte Netti, drehte sich auf dem Absatz herum und verließ das Café.

»Emely, komm mal her«, rief Selma mit hochrotem Kopf, als ich die Küche betrat. Sie zeigte auf ein längliches Gebäck auf einem Backblech. »Was hältst du davon?«

Vorsichtig näherte ich mich der köstlich riechenden großen Teigrolle.

»Achtung, ist noch heiß«, ermahnte mich Selma.

»Sieht aus wie ein Strudel«, überlegte ich. »Ist das nicht eine österreichische Spezialität?«

»Stimmt, ursprünglich ist das ein Rezept aus Österreich.«

Unsicher sah ich Selma an, die breit grinste. »Meinst du, es wäre eine gute Idee, in einem ostfriesischen Café ein Gepäck aus der Alpenrepublik anzubieten? Sind da Äpfel drin?«

Selma nickte. »Äpfel, Rosinen und Mandeln sind drin und das Ding da«, sie zeigte auf das Gebäck, »kommt nicht aus Österreich, sondern aus meiner Küche und ist ein Friesenstrudel.«

»Noch nie gehört«, wunderte ich mich. Langsam

dämmert es mir, was Selma beabsichtigte. »Du hast den neu kreiert? Eine super Idee. Wir könnten den im Herbst und Winter anbieten, wenn es wieder stürmisch draußen wird.«

Stolz nickte Selma. »Ich sehe, du hast kapiert, wie ich mir das gedacht habe.«

Leevke kam mit einer Hand voller Briefe in die Küche und reichte sie mir. »Hat mir der Postbüdel in die Hand gedrückt.«

»Danke Leevke. Ich bin mal im Büro.« Die Rechnungen legte ich in den dafür vorgesehenen Ablagekorb, den einzigen Brief mit der handgeschriebenen Adresse öffnete ich sofort. Es war eine Einladung zur Urnenbeisetzung von Anton van Hoorn am übernächsten Tag. Jessika van Hoorn hatte unten handschriftlich angefügt, dass sie hoffte, mich dort zu sehen, da ich ja in diese tragischen Ereignisse sozusagen mit eingebunden wäre.

Ich schloss aus dieser Einladung, dass man die Leiche freigegeben hatte. Ob Antons Bruder die Feierlichkeiten organisiert hatte? Hatten die van Hoorns überhaupt eine Ahnung, dass Anton eine Ehefrau hinterließ? Vielleicht würde ich das übermorgen erfahren.

Am Nachmittag tagten wieder die Teeschwestern. Tabea und Franziska bedankten sich noch einmal für den tollen Nachmittag in der Friesenburg. »So vornehm habe ich noch nie Tee getrunken«, bekannte Franziska, die ja bekanntermaßen auf schöne Dinge stand. »Das Ambiente in so einer Burg ist unvergleichlich.«

Nachdem sich die Damen wieder eingekriegt hatten, löcherten sie mich erneut wegen des delikaten Vorfalls mit dem Mann im Sessel. Sie wollten wissen, wieso der Gast ausgerechnet hier verstorben war und wer so eine schändliche Tat ausgeübt hatte. »In der Zeitung steht auch nicht alles, aber du musst doch was wissen? Netti macht immer nur so vage Andeutungen«, meinte Tabea. »Schließlich ist das ja geschäftsschädigend.«

»Ich hab nix gesagt, da ich von nix eine Ahnung habe«, zischte Netti und kippte ihren Sanddornlikör in einem Zug runter.

»Ihr Lieben, ich weiß auch nur, was in der Zeitung steht«, teilte ich mit fester Stimme mit. »Harm und sein Kollege haben auch keine näheren Kenntnisse.«

Es folgten die wildesten Szenarien, die sich die Damen ausdachten. Als Tabea schließlich vermutete, dass die Amerikaner den Mann als Spion angeheuert hätten und ihn jetzt, nach getanen Diensten, zum Schweigen bringen mussten, verließ ich die Runde und machte mich wieder an die Arbeit. Ich wollte mich aus dem ganzen Getratsche heraushalten. Netti würde über alle Dinge, die ich in diesem Fall unternehmen würde, Stillschweigen bewahren. Auch wenn sie ein Plappermaul war, in dieser Hinsicht konnte ich mich auf sie verlassen.

Die nächsten beiden Tage verbrachte ich damit, die zerlesenen Bücher im Café auszusortieren und durch andere aus meinem privaten Bücherregal zu ersetzen. Die abgegriffenen Bücher stellte ich in einer Kiste auf meine Auffahrt hinter dem Haus mit dem Hinweis, dass die Bücher kostenlos mitgenommen werden konnten. Ich wusste aus Erfahrung, dass sich die Feriengäste gerne bedienten und am Strand ihre braun gebrannten Nasen zwischen die Buchseiten steckten.

Außerdem sichtete ich alle Bestände in der Vorratskammer und machte die Bestellung. Der von Selma neuerschaffene Friesenstrudel schmeckte absolut köstlich. Raffinierterweise hatte sie die Rosinen vorab in Branntwein eingelegt, was dem Ganzen einen unverwechselbaren Geschmack verlieh.

Sowohl die Teeschwestern, als auch Harm und der schöne Sigurd lobten, nachdem sie den Friesenstrudel verkostet hatten, das Gebäck in den höchsten Tönen.

Eigentlich lief alles in ruhigen Bahnen ab, wenn da nicht mein Drang wäre, mehr über den toten Anton van Hoorn zu erfahren.

12

Am Mittag der Beerdigung zwängte ich mich in meinen einzigen schwarzen Rock, der sich zu meinem Entsetzen nicht komplett schließen ließ. Entnervt ließ ich mich auf mein Bett fallen und versuchte, meinen Bauch einzuziehen, um den Reißverschluss über die unübersehbaren Speckrollen an meinen Hüften zu ziehen.

»So ein Mist aber auch«, schimpfte ich und kramte in meinem Nähkästchen nach einem Gummiband. Mithilfe einer Sicherheitsnadel gelang es mir, das Kleidungsstück in eine ordentliche Position an meinem Körper zu bringen. Mit meiner neuen dunkelgrünen Bluse darüber sah das Ganze doch schon passabel aus. Schade, dass die Bluse nicht schwarz war, aber ich hatte keine andere zur Hand.

Um in meinen Bulli zu steigen, musste ich den Rock ziemlich nach oben ziehen, was von dem vorbeieilenden Horst mit einem süffisanten Grinsen kommentiert wurde.

Die Trauerhalle auf dem Friedhof war fast bis auf den letzten Platz gefüllt. Ganz hinten fand ich noch ein freies Plätzchen. In der ersten Reihe konnte ich das Ehepaar van Hoorn und Astrid Singer ausmachen. Meta Johannson saß in der dritten Reihe. Wibke Lorenz hatte an der Seite Platz genommen. Ich würde einen Besen fressen, wenn Antons Familie etwas über die Existenz einer Ehefrau wusste.

Der Verstorbene wurde in höchsten Tönen wegen seiner Offenheit seinen Mitmenschen gegenüber gelobt. Zur Trauer von allen sei er viel zu früh aus dem Leben gerissen worden. Wenn man es genau nahm, überlegte ich, hatte es sicherlich noch nie eine Beerdigung gegeben, auf der man die Wahrheit über den Verblichenen ausgesprochen hatte.

Ein Mann zwei Reihen vor mir räusperte sich bei den tragenden Worten des Redners auffällig. Ich sah genauer hin, es war der blasse Besitzer der Friesenburg Gernod Ukena.

Nach dem Gang der Trauergemeinde an das Urnengrab wollte ich mich gerade diskret verdrücken, als mich jemand am Arm packte.

»Frau Petersen«, begrüßte mich Jessika van Hoorn und wandte sich an den neben ihr stehenden Mann.

»Ferdinand, hast du Frau Petersen schon zur Teetafel eingeladen?«

Ehe er den Mund öffnen konnte, sprach seine Frau weiter: »Tun Sie uns den Gefallen und kommen Sie mit. Sie sind doch der letzte Mensch, der Anton lebend gesehen hat.« Sie nannte mir den Namen des Lokals etwas außerhalb von Neuharlingersiel, in dem man die Trauergäste zur Teetafel erwartete.

»Danke, das ist nett von Ihnen«, antwortete ich und war froh, die Bekannten des Toten und die Familie Antons van Hoorn noch eine Weile beobachten zu können. Vor allem war ich neugierig, wie sich Frau Lorenz verhalten würde.

Als ich auf den Parkplatz des Lokals fuhr, waren die meisten Gäste schon da. Ich lockerte ein wenig die Sicherheitsnadel an meinem Rock und stieg aus.

»Moin Frau Petersen«, rief Frau Johannson, die vom anderen Ende des Parkplatzes auf mich zukam und lächelte mich an. »Ich hätte nicht gedacht, Sie hier zu treffen.«

»Frau van Hoorn hat mich persönlich eingeladen«, erklärte ich, »obwohl ich den Verstorbenen gar nicht gekannt habe. Das hat mich doch ein wenig gewundert.«

»Da sehen Sie mal, wie das Leben so spielt.« Meta Johannson hakte mich unter. »Ich kannte ihn und mich hat man nicht eingeladen. Ich habe von der Beisetzung aus der Zeitung erfahren.«

»Und dann kommen Sie hierher?« Ich zeigte auf die Eingangstür des Gasthofes.

Sie nickte. »Es war mir wirklich ein Bedürfnis, mich von Anton zu verabschieden. Und auch wenn mich niemand von der Familie persönlich über den Zeitpunkt des Begräbnisses informiert hat, betrachte ich es als langjährige Lebensgefährtin als mein Recht, hier zu sein.«

»Kennen Sie jemanden aus der Familie näher?« Das wurde ja immer schöner.

»Nur den Erzählungen Antons nach und die waren nicht immer positiv.« Sie beschleunigte ihren Schritt. »Kommen Sie, wagen wir uns in die Höhle des Löwen.«

Wir fanden noch einen Platz ganz am Ende der Teetafel, die sorgfältig mit dem ostfriesischen Teegeschirr mit der Rose eingedeckt war. Zwei Damen aus der Küche brachten Platten mit belegten Brötchen und Kuchenstücken sowie mehrere Kannen Tee herein.

»Und welche ist jetzt Antons Schwester?«, flüsterte Frau Johannson mir zu.

Ich deutete unauffällig auf die Frau, die neben Jessika van Hoorn saß. »Das ist Astrid Singer.«

Verstohlen sah ich mich um. Wiebke Lorenz hatte

am anderen Ende des Tisches Platz genommen. Die Gäste ließen es sich schmecken. Es wurde dezent geplaudert. Man servierte noch den ein oder anderen Kräuterschnaps, die Gespräche wurden lauter und hin und wieder dezent gelacht.

Unvermittelt stand Ferdinand van Hoorn auf und klopfte mit seinem Teelöffel ganz leicht an ein leeres Wasserglas.

»Liebe Freunde, liebe Familie, meine Frau, meine Schwester und ich bedanken uns ganz herzlich für euer Kommen. Wir werden Anton vermissen, auch wenn wir, das muss ich als sein Bruder gestehen, nicht wirklich viel über sein Leben wussten. Aber jeder Mensch hat das Recht, Geheimnisse zu haben. Möge er in Frieden ruhen.«

Ein allgemeines Gemurmel setzte ein, das abrupt verstummte, als sich nun Wibke Lorenz erhob, ebenfalls an ihr Glas klopfte und mit einem entspannten Gesichtsausdruck darauf wartete, bis sich alle Augen auf sie gerichtet hatten.

»Vielleicht kann ich eines der Geheimnisse aus Antons Leben lüften«, begann sie mit ruhiger gelassener Stimme. »Ich möchte mich kurz vorstellen. Mein Name ist Wibke Lorenz und ich bin Antons Witwe.«

In diesem Moment stieß Jessika van Hoorn einen spitzen Schrei aus und die Sicherheitsnadel an meinem Rock versagte ihren Dienst.

***

Ich war noch einen Moment sitzen geblieben und beobachtete Antons Familie und die übrigen Gäste, die wild diskutierend durcheinander sprachen.

»Ich muss hier raus«, raunte Meta Johannson mir zu und verließ eiligst den Raum. Ich sah mich nach Frau Lorenz um, die sich augenscheinlich schon diskret verdrückt hatte. Ich griff nach meiner Tasche, hielt mit einer Hand meinen Rockbund fest und lief nach draußen. Etwas weiter entfernt stand die Tanzlehrerin unter einer Kastanie und rauchte. Von Frau Johannson war nichts mehr zu sehen.

»Ich habe Sie gar nicht da drin gesehen«, hauchte sie und stieß den Rauch in kurzen Stößen aus. »Denen habe ich es aber gegeben, die sind ja völlig fertig.« Ihr Lachen klang böse.

»Wusste die Familie nichts von Ihrer Eheschließung?«

Sie schüttelte den Kopf. »Anton wollte das so. Wir hatten vor, alle zu einem Tanzabend in die Tanzschule einzuladen, und wollten es dort verkünden. Anton hat sich schon vorher über die verdutzen Gesichter, die die

Familie und Freunde mit Sicherheit machen würden, gefreut. Aber was eben da drin passiert ist, ist ja um Längen besser. Er hätte es sicherlich genossen.«

Ich nickte. »Antons Familie war total überrumpelt. Damit hatten sie sicherlich nicht gerechnet.«

Frau Lorenz holte tief Luft. »Was glauben Sie, wie blöd die aus der Wäsche kucken werden, wenn sie erfahren, dass Antons Haus samt Inhalt mir gehört?«

»Das wird der nächste Schock sein«, pflichtete ich ihr bei. Was für eine Familie, dachte ich. Was konnte ich mich glücklich schätzen, zu Hause so liebe Menschen um mich zu haben, auch wenn wir uns manchmal stritten und uns auf die Nerven gingen.

»Sagen Sie mal Frau Petersen, hätten Sie nicht Lust, mich morgen zu Antons Haus zu begleiten? Sie sind doch an allem interessiert, was mit meinem verstorbenen Mann zu tun hat. Ich will seine Sachen durchsehen und entscheiden, was ich damit mache.«

Sie warf die Zigarettenkippe auf den Boden und trat sie mit der Sohle ihres sündhaft teuer aussehenden Lackschuhs aus.

13

Wir hatten uns für den nächsten Tag um sechzehn Uhr verabredet. Frau Lorenz hatte mich gebeten, mein Auto in einer Seitenstraße abzustellen. Sie wollte auf alle Fälle vermeiden, dass Ferdinand und Jessika van Hoorn etwas von der Hausbesichtigung mitbekamen.

Also parkte ich in einer Seitenstraße, setzte meine Sonnenbrille auf und lief zum Haus des Toten. Wibke Lorenz stand hinter einem Fenster im Erdgeschoss und winkte mir kurz zu. Die Haustür stand einen Spalt offen. Als ich das Haus betrat, war ich erstaunt, wie hell und modern es eingerichtet war. Wenn ich da an die altmodische Jacke von Anton dachte – das passte ganz und gar nicht zusammen.

»Kommen Sie rein, Frau Petersen«, begrüßte mich die Witwe. »Ich war auch erstaunt, als ich das erste Mal hier war. Anton machte so ganz und gar nicht den Eindruck, ein Mensch mit Geschmack zu sein.« Sie lief in ein großes Wohnzimmer, wo ein riesiges Ledersofa fast den ganzen Raum einnahm. Die Schrankwand mit den dicken Holzbalken und den aufwendig verglasten Türen sah sehr teuer aus. Auf einem antiken Tischchen in der Ecke stand ein altes Grammophon.

»Alle Achtung«, entfuhr es mir. »Ich hätte nicht wirklich vermutet, dass es hier drinnen so edel aussieht.« Ich deutete auf den kleinen Tisch. »Das Grammophon hat sicher mit der Leidenschaft Ihres verstorbenen Mannes für Tango zu tun?«

Sie nickte. »Anton hatte begonnen, alte Tangoschallplatten zu sammeln. Er hat immer gesagt, wenn schon Tango, dann auch mit allem Drum und Dran.«

Zunehmend hatte ich den Eindruck, dass Anton van Hoorn seine jeweiligen Leidenschaften immer konsequent und ausufernd auslebte.

»Kommen Sie, ich zeige Ihnen die Küche.« Frau Lorenz lotste mich in den geräumigen Raum. Ich hatte nicht viel Ahnung, was extravagante Küchen kosteten, aber dass die hier nicht billig war, konnte ich sehen.

»Anton war verrückt, so viel Geld für eine Küche auszugeben, in der er niemals kochte«, erzählte die Witwe weiter, »aber er war nun mal so, sprunghaft und großkotzig.«

»Ich kann nur staunen. Die Küche hat bestimmt ein

Vermögen gekostet.«

»Das können Sie laut sagen«, pflichtete sie mir bei und nannte mir einen respektablen fünfstelligen Betrag.

Ich musste zweimal schlucken. So viel war meine ganze Wohnungseinrichtung nicht wert. »Und was werden Sie jetzt mit all den teuren Möbeln machen?«

»Das Haus werde ich an ein Immobilienbüro zum Verkauf übergeben, die Inneneinrichtung werde ich einem Händler anbieten.« Sie strich mit der flachen Hand über die Arbeitsplatte aus Holz. »Ich denke, dass sich daraus auch noch ein nettes Sümmchen herausschlagen lässt.«

In meinen Ohren klang das kalt und berechnend. Hatte etwa Wibke Lorenz etwas mit dem Tod ihres Mannes zu tun? War sie auf das Erbe aus? Nein, ich musste mich berichtigen. Sie hatte ja das Haus rechtmäßig von Anton erworben. Und das Inventar? War sie die Eigentümerin dieser teuren Wohnungseinrichtung? Wenn ja, blieb die Frage, wie viel sie dafür gezahlt hatte. Nach meiner Einschätzung sicherlich nicht so viel, wie das alles hier wert war.

Verstohlen sah ich sie von der Seite an. Warum hatte sie mich hierhergebeten? Hatte sie mitbekommen, dass ich mich für die Lebensweise ihres Gatten interessierte und wollte jetzt vorfühlen, inwieweit ich über das

Leben von Anton van Hoorn Bescheid wusste?

Betont auffällig sah ich auf die Uhr. »Es wird Zeit, ich muss wieder los«, sagte ich und sah mich noch einmal um. »Sie werden sicherlich schnell Käufer für all das finden.« Trotz des warmen Wetters fing ich plötzlich an zu frösteln. Was hatte die Frau noch vor? Ich beschloss in diesem Moment, mich nicht mehr mit Anton van Hoorn und seiner Familie zu befassen, aber nach ein paar Sekunden war ich mir sicher, dass ich das nicht konnte.

Mit einem gezwungenen Lächeln verabschiedete ich mich von der Witwe und verließ das Haus.

Als ich nach Hause kam, stand meine Reisetasche, die Netti sich geliehen hatte, vor meiner Wohnungstür. Aus dieser Tatsache schloss ich, dass Netti und ihr Mann ihre Reisepläne aufgegeben hatten. Wusste ich es doch.

14

»Weißt du Emely, ich verlasse mich nicht mehr auf den Zufall«, verkündete Elaine. Sie lehnte entspannt am Tresen und betrachtete ihre altrosa lackierten Fingernägel. »Ich werde die Sache jetzt in die Hand nehmen und habe mich deshalb bei einer Singlebörse im Internet angemeldet. Hope and Love heißt die Seite. Hört sich doch nach wahrer Liebe an, oder?«

Teelse, die gerade dabei war, vor Öffnung des Cafés noch einmal durchzuwischen, stieß einen Laut der Missbilligung aus. »Und du glaubst wirklich, dass die Männer in echt so sind wie auf den Fotos, die sie da reinstellen? Die wollen doch sicherlich nur …« Sie machte eine obszöne Bewegung.

»Ich kann mir auch nicht vorstellen«, ergänzte ich Teelses drastische Bemerkung, »dass die Menschen auf ihren Profilen im Internet immer bei der Wahrheit bleiben.«

Elaine verdrehte die Augen. »Ihr Lieben, glaubt ihr denn, ich weiß das nicht? Meistens sind die Fotos zig Jahre alt und dass Gewicht der Herren hat sich inzwischen verdoppelt. Aber trotzdem … wo soll ich denn sonst jemanden kennenlernen?« Ihr Gesicht wirkte betrübt.

Teelse sah sie mitleidig an. »Versuch es eben. Wenn du vorsichtig bist, kann ja nichts passieren.«

»Eben«, ergänzte ich. Mehr fiel mir dazu nicht ein. Spontan wollte ich ihr einen Tanzkurs empfehlen, ließ es aber. Am Ende begegnete sie einem Mann wie Anton van Hoorn. Damit wäre ihr auch nicht geholfen.

Gegen Mittag kam Netti herüber. »Ich habe dir deine Tasche wieder vor die Tür gestellt«, fauchte sie, »mit diesem Mann kann man ja nicht verreisen.« Anschließend beschwerte sie sich noch, dass Horst, wie schon so oft, über das Mittagessen gemeckert hätte. »Ich kann doch nicht jeden Tag Salzkartoffeln kochen!« Sie verzog den Mund. »Mir wird schon schlecht, wenn ich nur daran denke.«

Vorsichtig schob ich ein Stück Marzipantorte auf einen Kuchenteller und stellte ihn abholbereit für Leevke auf den Tresen. »Dein Sohn war doch nicht anders«, gab ich zu bedenken. »Für den bestand ein anständiges Mittagessen aus Salzkartoffel und Fleisch.«

»Tja«, stöhnte Netti, »da muss ich ja was falsch gemacht haben. Wie war es auf der Beerdigung?«

»Ziemlich aufregend. Die ehemalige Lebensgefährtin war da, obwohl sie nicht eingeladen war, die Tanzschulbesitzerin hat sich vor versammelter Mannschaft als Witwe geoutet und die Schwägerin des Verstorbenen ist deshalb beinahe in Ohnmacht gefallen.«

»Na dann ist ja soweit alles in Ordnung. Langeweile hast du sicher nicht. Du machst das schon«, stellte sie fest und verabschiedete sich mit einem Grinsen.

An diesem Nachmittag gab es im Café Kluntje viel zu tun. Es hatte sich wohl herumgesprochen, dass wir nur hausgemachte Torten anboten. Einige fragten nach Rezepten. Ich antwortete stets, dass die Erschafferin dieser Traumwunder niemals etwas über die Zusammensetzung verraten würde.

Annalotta ließ sich von mir Geld geben, um sich neue Turnschuhe zu kaufen. Mein Sohn hingegen arbeitete dreimal die Woche bei einem Getränkehändler, um sich für seinen Computer und Handy irgendwelche Ergänzungen kaufen zu können. So unterschiedlich konnten Kinder sein. Ich dachte in diesen Tagen oft an meinen verstorbenen Mann. Er wäre sicherlich stolz auf seine Familie gewesen.

Ich hatte gerade die Küche verlassen, als ich Kommissar Freese an einem Fenstertisch im Café sitzen sah. Fast hätte ich ihn nicht erkannt. Er war braun gebrannt und sah erholt aus. Sofort eilte ich zu ihm, denn ich war neugierig, ob er eventuell Neuigkeiten im Fall van Hoorn hatte.

»Moin Frau Petersen, da staunen Sie, was?«

»Das stimmt. Ich hätte nicht erwartet, Sie hier zu sehen.«

Er nahm den Tee und das Stück Apfeltorte, welches ihm Leevke reichte, entgegen. »Ich war ein paar Tage auf Langeoog.«

»Es ist nett, dass Sie hier vorbeischauen.«

Er zögerte einen Moment und räusperte sich umständlich. »Wenn Sie einen Moment Zeit hätten, ich wollte … ich hätte Sie gerne mal gesprochen.«

»Ja natürlich«, sagte ich überrascht. Nach einem Blick auf das sich zusehends leerende Café, setzte ich mich zu ihm an den Tisch. »Was ist denn passiert?«

»Ich bin nicht mehr im Dienst«, erzählte Freese. »Meine Gesundheit … ich will Sie nicht damit behelligen, aber es war an der Zeit, den Ruhestand einzuläuten.«

»Ach, dann wissen Sie gar nichts Neues über den Tod von Anton van Hoorn?« Ich war mehr als enttäuscht.

Er schüttelte den Kopf. »Mein Nachfolger stellt sich

stur und behauptet, dass ich jetzt keinerlei Anspruch auf irgendwelche Informationen hätte. Ein anderer Kollege, mit dem ich sehr gut kann, befindet sich auf einer sechsmonatigen Fortbildung in Berlin und ist für mich unerreichbar.«

»Und jetzt wollen Sie sicher von mir wissen, was alles passiert ist, stimmt's?«

»Ja, ich hatte den Eindruck, dass Sie sich für die Sache interessieren. Harm hat auch so etwas angedeutet.«

»Sie haben Harm getroffen?«

»Ja, ich wohne seit vier Wochen hier in Neuharlingersiel. Meine Schwester besitzt hier ein Haus, und da dort gerade eine Wohnung frei war, habe ich zugegriffen. Ja, Harm … vorgestern traf ich ihn im Supermarkt.«

Im Moment wusste ich überhaupt nicht, was ich sagen sollte. Der Kommissar war jetzt ein Privatmann und hatte von nix eine Ahnung. »Ich muss mich erst daran gewöhnen, dass ich Sie nicht mehr als Polizist wahrnehmen muss … eh kann.«

Er stach mit der Kuchengabel in die Apfeltorte und schob sich ein Stück davon in den Mund. »Herrlich«, nuschelte er und verdreht die Augen. »Ich muss gestehen, Kuchen ist meine Leidenschaft.«

»Meine fatalerweise auch«, entgegnete ich und legte

meine Hand auf meinen Bauch. »Leider, aber Selma backt so gut.«

»Frau Petersen, erzählen Sie doch bitte, was Sie bisher über den Toten erfahren haben.«

»Ja es ist so«, begann ich unsicher, »ich kannte Anton van Hoorn ja gar nicht, aber irgendwie habe ich das Gefühl, dass ich mehr über den Mann wissen musste. Und als ich dann das Foto zwischen den Heizungsrippen fand, war meine Neugier geweckt.«

Ausführlich berichtete ich ihm über meinen Besuch bei Meta Johannson, erzählte von dem Gespräch mit Anton van Hoorns Schwester in Emden und dem vorgeschobenen Betriebsausflug zur Friesenburg. »Und die Leidenschaft für den Tango hatte Anton van Hoorn seiner späteren Ehefrau zu verdanken, die sich sehr spektakulär an seiner Beerdigung den Angehörigen offenbart hat. Frau Lorenz hat mich später mit in das Haus genommen, in dem ihr Ehemann bis zu seinem Tod gewohnt hat.«

Freese ließ mithilfe der kleinen Zange ein Kluntje in seine Tasse fallen, nahm die bauchige Teekanne vom Stövchen und füllte seine Tasse erneut. »Es scheint, als ob der Mann viel zu verbergen gehabt hat.« Bedächtig goss er ein wenig Sahne auf den Tee. »Es ist ja meistens so, dass der Täter im Umfeld des Opfers zu finden ist.«

Zustimmend nickte ich. »Das kann ich mir gut vorstellen. Sowohl die Schwester als auch der geprellte Kunstsammler waren nicht gut auf ihn zu sprechen. Auch sein Bruder war nicht gerade sehr von Trauer überwältigt. Und Frau Lorenz … sie wirkte kalt und berechnend.«

»Wissen Sie, es ärgert mich, dass ich so einfach aus den Ermittlungen zu diesem Fall ausgeschieden bin.« Er nahm den letzten Bissen der Torte. »Ich würde Sie gerne bei Ihren Recherchen unterstützen.« Er griff in seine Brusttasche und reichte mir eine Visitenkarte. »Da steht meine Handynummer drauf. Ich würde mich sehr freuen, wenn Sie mich anrufen.«

Freudig nahm ich die Karte entgegen. Meine Mobilnummer kritzelte ich auf eine Serviette. »Ich hoffe, Sie können das lesen.« Er nickte.

Ich versprach ihm, mich zu melden, wenn sich etwas Neues ergeben würde.

15

Harm und Sigurd kamen regelmäßig vorbei, um ihre Kaffeepause im Café Kluntje zu verbringen. »Hast du den Exkommissar schon getroffen?«, wollte Harm wissen und versenkte wieder eine Unmenge Zucker in seiner Tasse.

Ich nickte. »Er war vor drei Tagen hier.«

»Er hat gesagt, dass er sich immer noch für den Fall interessiert. Du weißt schon …«

»Ja, hat er mir erzählt. Auch, dass sein Nachfolger ihm keinerlei Auskunft mehr gibt.« Ich sah den schönen Sigi an. »Was hast du denn mit deinen Haaren gemacht? Die schimmern jetzt so rot. Oder kommt das von der Sonne?« Ich zog ihm vom Fenster weg. »Immer noch rot«, stellte ich nach einem prüfenden Blick fest.

»Sieht doof aus oder?« Er fuhr sich durch seine kurz geschnittenen Haare.

»Nö, finde ich nicht. Aber das Dunkle hat dir besser

gestanden.« Ich fand ihn jetzt nicht mehr ganz so arrogant, aber er war sehr eitel und legte augenscheinlich ungeheuren Wert auf sein Äußeres. Aus einer Laune heraus hatte ich das Gefühl, ich müsste den beiden Gesetzeshütern etwas Gutes tun und brachte ihnen deshalb je ein Stück Marzipantorte. »Lasst es euch schmecken.«

Beide nickten dankend und stürzten sich auf die süße Köstlichkeit.

Am Abend hatte ich gerade meine brennenden Füße in ein wohltuendes Kräuterbad getaucht, als es an der Wohnungstür klingelte.

»Annalottaaaa …? Kannst du mal eben nachsehen, wer das ist?«, brüllte ich und hoffte, dass ich meinen Platz nicht verlassen musste. Von draußen hörte ich keinerlei Geräusche. Vielleicht war meine Tochter gar nicht da? Und jetzt? Ich könnte das Klingeln einfach ignorieren, aber dann … es klopfte an der Badezimmertür und jemand schob die Tür vorsichtig auf.

»Hallo«, flüsterte eine dünne Stimme und Elaine betrat mein Bad. »Emely? Hast du einen Moment?« Erstaunt sah ich in das ramponierte Gesicht meiner Nachbarin. Die Haare hingen strähnig herunter, die Wimperntusche hatte sich in ihrem gesamten Gesicht verteilt. »Elaine, setz dich. Was ist passiert?« Ich zeigte auf den geschlossenen Klodeckel.

Fahrig wischte sie sich durch das Gesicht. Jetzt war die Nase auch schwarz. »Teelse hat recht gehabt«, flüsterte sie, »ich hätte es wissen müssen.«

»Mit was hatte Teelse recht?«, fragte ich erstaunt, obwohl ich schon wusste, um was es ging. »Du hast einen der Typen aus dem Internet getroffen?«

»Ja, er war doppelt so alt und doppelt so schwer wie in seinem Profil angegeben. Und er wollte doch tatsächlich nur … du weißt schon …«

»Na ja, wenn du jemanden im Supermarkt kennenlernst«, versuchte ich sie zu trösten, »weißt du auch nicht genau, was das für ein Mensch ist.«

»Und wann weiß man bei einem Mann, was es für einer ist?«

»Manchmal erfährt man das nie. Jedenfalls wenn ich Netti glauben kann.« Ich griff nach einem Handtuch und begann, meine Füße abzutrocknen. »Vielleicht solltest du eine Weile alleine bleiben, ich meine ohne männliches Wesen an deiner Seite. Kauf dir doch einen Hund. Der widerspricht dir wenigstens nicht.«

Zu meinem Erstaunen lachte Elaine laut auf. »Ich wusste, warum ich zu dir rübergekommen bin, jetzt geht es mir schon viel besser.«

»Das freut mich.« Ich bemerkte, dass mein linker

kleiner Zeh auf einmal ganz schief war.

»Ich habe was Blödes gemacht«, gestand sie und sah mich an. »Ich habe vor lauter Vorfreude auf das Treffen … Emely, der Kerl sah so toll aus auf dem Foto … ich habe ein Doppelzimmer in einem Wellnesshotel gebucht. Ich wollte ihn einladen.«

»Was hast du?« Ich würde nie kapieren, wie diese Frau tickte.

Sie verzog das Gesicht. »Das Zimmer ist gebucht, stornieren geht nicht.«

»Wie ärgerlich. Schade ums Geld«, antwortete ich lakonisch, »du hättest dir erst den Kerl ansehen müssen.«

»Du hast ja recht, aber hättest du nicht Lust, mit mir am nächsten Wochenende in das Wellnesshotel zu fahren? Ich lade dich ein.«

»Waas …? Ausgerechnet Wellness!« Vor lauter Schreck rutschte mir die Schüssel mit dem Kräuterbad aus der Hand und die ganze Herrlichkeit verteilte sich auf dem ockerfarbenen Kachelboden meines Bades.

16

»Mama, du solltest unbedingt die Einladung von Elaine annehmen«, beschwor mich meine Tochter am nächsten Tag und sah ihre Großmutter an, die mehrmals heftig zustimmend nickte. »Ich werde auch Leevke und Selma im Café helfen.«

»Und für was soll das gut sein?«, zweifelte ich, »Gesichtspackungen, Massagen und der ganze Kram?«

»Das wird dir guttun«, meinte Netti, »jünger wird man davon nicht, aber eventuell elastischer.«

»Und für was bitte sollte ich elastischer werden?« Netti grinste nur und sah zu Boden. Annalotta ließ meine Einwände unkommentiert und half mir, meine Sachen zu packen.

Widerwillig hatte ich anschließend Elaine zugesagt, die sofort laut kreischte und in die Hände klatschte. Mein Einverständnis hatte ich jedoch an die Bedingung geknüpft, dass wir mit meinem Bulli zum Hotel fahren. Am nächsten Morgen stand Elaine mit vier Gepäckstücken abfahrbereit auf unserer Auffahrt. »Also ich glaube nicht, dass wir das alles brauchen.« Ich zeigte auf die Unmengen an Gepäck. »Wir bleiben doch nur drei Tage, oder?«

»Selbstverständlich, aber ich muss auf alles vorbereitet sein«, klärte sie mich auf. »Je nachdem, was sich dort ereignet, dann brauche ich das geeignete Outfit.«

»Na ja, wenn du meinst«, murmelte ich und sah auf meinen bescheidenen kleinen Koffer.

Wir brauchten ungefähr zwei Stunden, bis wir das Hotel Deichkrone in der Nähe von Cuxhaven erreicht hatten.

»Das sieht aber toll aus«, rief ich begeistert und stellte den Motor ab.

Das breite zweistöckige Haus im Landhausstil war über und über mit Efeu bewachsen. Die Sprossenfenster strahlten in hellem Weiß und eine dunkelblaue zweiflüglige Tür gab dem Ganzen ein hochherrschaftliches Ansehen. »Alle Achtung, das hätte ich nicht erwartet.«

»Da guckst du, was?«, strahlte meine Begleiterin. »Genauso habe ich mir das vorgestellt.«

Ich stieg aus und öffnete den Kofferraum. »Lass mal zwei deiner Koffer drin«, schlug ich vor, »wir können das alles gar nicht auf einmal tragen.«

»In Ordnung.« Stöhnend wuchtete Elaine einen Teil

ihrer Gepäckstücke aus dem Bulli.

»Woher hast du denn die Adresse von dem schicken Hotel?«, wollte ich von ihr wissen.

»Bei uns in der Touristinformation hing doch ein großes Werbeplakat von diesem Hotel. Ich fand, das wäre für meine Zwecke das richtige … dachte ich so.«

»Ach du meinst, um einen Kerl flachzulegen?« Das war mir so rausgerutscht.

Elaine schüttelte mit dem Kopf. »Du hast recht, ich bin echt blöd. Komm, wir gehen rein.«

Zielsicher steuerte sie auf die Eingangstür zu, während ich ihr zögernd folgte.

An der Rezeption nannte Elaine ihren Namen und fragte nach, ob alles geklappt hatte. Die junge Frau mit dem blauen Blazer nickte »Ich denke, es ist alles zu Ihrer Zufriedenheit geregelt, Frau Vogt-Holland.«

»Was soll denn geklappt haben?«, wollte ich wissen. Abwartend standen wir vor dem Aufzug.

»Wirst du gleich sehen.« Der Lift brachte uns mit einem surrenden Geräusch nach oben. Elaine lief zielsicher den langen, mit einem roten Läufer ausgelegten Flur entlang und blieb vor einer Tür stehen. Routiniert hielt sie ihre Schlüsselkarte vor den elektrischen Türöffner, der nach wenigen Sekunden die Tür aufspringen ließ.

»Donnerwetter!«, rief ich überrascht, als ich das Zimmer sah. Zwei riesige Betten mit geblümten Überwürfen waren der Mittelpunkt des Zimmers, die Vorhänge im gleichen Design hingen schwer neben den bodentiefen Fenstern, die zu einem großzügigen Balkon hinausführten. »Ehrlich, ich habe noch nie in so einem vornehmen Hotel übernachtet.« Erstaunt sah ich mich um.

Ich dachte an unsere Hochzeitsreise. Gero hatte in Hamburg eine etwas bessere Jugendherberge gebucht, die ich damals herrlich fand. Sich an einem Frühstücksbuffet zu bedienen, ohne vorher etwas zu tun, war ganz neu für mich. Aber das hier im Hotel Deichkrone schlug alles Erdenkliche um Längen.

»Und was hast du jetzt noch ändern lassen?« Ich konnte mich gar nicht sattsehen an diesem Raum, der mich an einen englischen Landsitz erinnerte.

»Ich hatte gebeten, dass man mir ein Zimmer mit zwei getrennten Betten gibt«, erklärte mir Elaine. »Ursprünglich hatte ich ein Zimmer mit einem französischen Bett bestellt, aber wie du ja weißt …«

»Ja, klingt irgendwie logisch.«

Neugierig betrat ich das überdimensionale Badezimmer mit den rostroten Fliesen und der Blumenbordüre. Vor dem Fenster hingen duftige Tüllgardinen. Bademäntel und Pantoffel lagen zum Reinschlüpfen auf dem Rand der großzügigen Badewanne bereit. Es fehlte nicht an Shampoo, diversen Duftseifen und allerlei kosmetischem Schnickschnack.

»Wir können ja später auspacken«, schlug Elaine vor, »in einer halben Stunde haben wir unsere erste Anwendung.«

»Das geht aber zügig.«

Es klopfte. Ein Page brachte Elains restliches Gepäck. Wir zogen die Bademäntel an und begaben uns in den Wellnessbereich.

Die darauffolgende Tortur überstand ich nur mit der Aussicht auf ein anständiges Abendessen, welches mir meine Gönnerin versprochen hatte.

Zuerst verwandelte man mich in einen Rollbraten mithilfe von irgendeinem schwarzen klebrigen Zeug, welches man auf meinen ganzen Körper verteilte. Zum Glück war die Wärme, die die Schmiere abgab, sehr wohltuend. Nach einer ausgiebigen Dusche walkte mich eine junge Masseurin so durch, dass ich mir echt Sorgen um ihre Fingergelenke machte.

Der Ruheraum, in dem man nach absolvierter Therapie entspannen sollte, war in ein sanftes grünes Licht getaucht. Leise Musik ließ mich fast wegschlummern. Elaine lag neben mir mit einem glückseligen Lächeln auf den Lippen. Außer uns lagen nur noch drei Personen, ebenfalls in Bademäntel und Handtuchturban gehüllt, auf den Liegen. So musste es sich am Strand einer Karibikinsel anfühlen, wenn ein Kellner, der aussah wie der junge George Clooney, einen Longdrink …

»Ich glaube es nicht«, riss mich eine Stimme aus meinem Tagtraum. Erschrocken fuhr ich hoch und blickte in ein von einem großen Handtuch eingehülltes Gesicht. Ich erkannte sie nicht sofort, aber als sie weitersprach, wusste ich sofort, um wen es sich handelte. Jessika van Hoorn stand mit verschränkten Armen vor mir und redete auf mich ein.

Elaine war ebenfalls hochgeschreckt und legte mahnend ihren Zeigefinger auf den Mund. Die anderen Gäste im Raum sahen uns missbilligend an.

»Frau van Hoorn, Sie müssen leise reden«, beschwor ich sie flüsternd.

»Ich wollte doch nur …«, sprach sie keineswegs leiser weiter. »Ich war so überrascht, Sie hier zu sehen.«

»Ruhe«, brüllte eine ältere Dame und hob drohend die Hand. »Wenn Sie sich unbedingt unterhalten wollen, gehen Sie doch raus.«

Mit beiden Händen hielt ich meinen Turban fest. »Kommen Sie«, zischte ich und war bemüht, meinen Ärger zu verbergen, »wir gehen nach draußen.«

Ausgerechnet Jessika van Hoorn, aber … ein wenig war ich besänftigt. Vielleicht war dies die Gelegenheit, noch etwas über den aktuellen Gemütszustand der Familie van Hoorn, nach der skandalösen Offenbarung der Witwenschaft durch Frau Lorenz, zu erfahren.

Im Vorraum des Ruheraums standen vielfarbige bequeme Sessel. Erschöpft ließ ich mich in einen grellgrünen fallen, Frau van Horn nahm auf einem orangenen Sessel Platz.

»Sie müssen entschuldigen«, begann Frau van Hoorn, »aber ich war so überrascht … Sie müssen wissen, seit der Beerdigung von Anton steht die gesamte Familie Kopf.«

»Ach, Sie meinen sicherlich wegen der Mitteilung, dass ihr Schwager verheiratet war?« Jetzt kamen wir der Sache schon näher.

Sie rollte mit den Augen. »Das natürlich auch, aber als wir dann zur Kenntnis nehmen mussten, dass Anton sein Haus, samt Inventar an diese … ich sage lieber nicht das Wort, welches mir auf der Zunge liegt … also an diese Frau verkauft hat … Ferdinand, wie soll ich sagen, ja, er ist an die Decke gegangen, als er davon erfahren hat.«

»Aber das Haus und die Möbel haben doch Ihrem Schwager gehört? Dann kann er doch damit machen, was er will?«

»Sie haben natürlich recht. Aber dass er das alles so klammheimlich gemacht hat, war doch sehr kränkend für meinen Mann.« Nervös nestelte sie an ihrem Bademantel herum. »Außerdem sind unter den Dingen, die sich im Haus befinden auch Gegenstände, die aus dem Hotel auf Norderney stammen. Sozusagen das Erbe meiner Schwiegereltern. Astrid und Ferdinand waren sehr erzürnt. Leider haben wir keine Handhabe mehr, an das Inventar zu kommen.«

»Ja, das kann ich nachvollziehen, dass Sie damit nicht einverstanden sind.« Wegen Erbstreitigkeiten waren schon ganze Familien auseinandergebrochen, das wusste ich. Mir war auch bekannt, dass der Wert des Streitobjektes oft von untergeordneter Rolle war. Elaine hatte mir mal erzählt, dass sie und ihre Schwester wegen eines Kaffeeservices einen Prozess angestrengt hatten. Das Ende vom Lied war, dass jeder der Parteien die Hälfte des Geschirrs bekam. Bei Elaine lagerte es seither unbeachtet in ihrem Keller.

»Astrid will die Frau verklagen«, stieß Jessika van Hoorn hervor. »Sie haben doch mit ihr geredet. Was hat Sie Ihnen denn erzählt?«

»Meinen Sie die Witwe Ihres Schwagers oder Frau Singer?«

»Natürlich diese Frau. Ich habe gesehen, wie Sie nach der Beerdigung mit ihr gesprochen haben.« Sie stieß einen verächtlichen Laut aus.

Ich machte eine unbestimmte Handbewegung. »Im Grunde genommen nur belangloses Zeug. Wir haben über das Tanzen und über das Abschiednehmen gesprochen.« Auf keinen Fall wollte ich mich da in irgendwelche Streitigkeiten mit hineinziehen lassen, also war Vorsicht geboten.

»Das war alles?« Die Enttäuschung war ihr anzusehen. Ein wenig klaffte ihr Bademantel auseinander und gab den Blick auf ihre flachen Brüste frei.

»Sagen Sie, meine Schwägerin Astrid haben Sie doch auch kennengelernt? Hat Sie Ihnen etwas über Anton erzählt?« Sie rutschte unruhig hin und her und raffte mit beiden Händen ihren Bademantel vorne zusammen.

»Sie hat mir nur von der Kindheit mit ihren Brüdern auf der Insel erzählt und über das Verhältnis der Geschwister. Eigentlich nur ganz unspektakuläre Sachen«, erzählte ich ihr und fragte mich, warum sie das wissen wollte. Wahrscheinlich war sie genauso neugierig wie ich.

»Ich möchte wetten, dass die Ehe zwischen Anton und der Frau nicht rechtsgültig ist«, wechselte sie abrupt das Thema. »Ferdinand will das auf alle Fälle hinterfragen.«

»Ein Anwalt kann alles auf Herz und Nieren prüfen, dann haben Sie Gewissheit.« In diesem Moment kam Elaine aus dem Ruheraum und machte mir ein Zeichen. »Meine Freundin wartet auf mich«, sagte ich, »noch eine schöne Zeit für Sie hier im Hotel.« Höflichkeitshalber reichte ich ihr die Hand und folgte Elaine zum Lift.

»Was wollte die denn von dir?«, wollte Elaine wissen, als wir später beim Abendessen auf der verglasten Veranda saßen. »Mit schien, dass sie sehr nervös war.«

»Kann schon sein. Sie gehört zur Familie des Mannes, der im Café Kluntje … du weißt schon. Sie hat mich zufällig hier gesehen und mich angesprochen.«

»Ach so.« Elegant führte Elaine ihr Rotweinglas zum Mund. Hungrig betrachtete ich die Butterforelle, die vor mir auf meinem Teller lag und fragte mich, was sich hinter dem Tod von Anton van Hoorn noch so alles verbarg.

Später lotste mich Elaine noch an die Hotelbar, wo sie mir zwei Gläser Sekt aufnötigte. Als ich bemerke, wie sie begann, schamlos mit dem Barkeeper zu flirten, verzog ich mich stillschweigend. Gerade hatte ich die Zimmertür geöffnet, als ein Piepen meines Smartphones mir ankündigte, dass ich eine Textnachricht erhalten hatte. Der Ex-Kommissar Freese teile mir mit, dass man Wibke Lorenz tot aufgefunden hätte.

Hektisch warf ich meinen Koffer auf das Landhausbett und begann, meine Siebensachen hineinzuwerfen. Am liebsten wäre ich sofort aufgebrochen, aber Elaine, die plötzlich in der Tür stand, bat mich, Ruhe zu bewahren. »Wo willst du denn hin? So schlimm sind die Anwendungen nun wirklich nicht.«

Ich erzählte ihr, welche Nachricht ich erhalten hatte.

»Emely, die Frau ist doch schon tot, du kannst gar nichts mehr machen.«

Ja, sie hatte recht. Morgen war auch noch ein Tag.

***

Am nächsten Morgen, nach einem hastigen Frühstück, fuhr ich los. Meine Gönnerin stand vor der Hoteltür und winkte mir zu, an ihrer Seite der junge Barkeeper. Ich war mir sicher, dass sie sich auch ohne mich amüsieren würde.

Selma, Annalotta und Leevke fielen aus allen Wolken, als ich plötzlich im Café stand. »Mama, wieso bist du schon wieder da? Du wolltest doch erst morgen wiederkommen.«

Vorsichtshalber verzog ich mein Gesicht und schützte Zahnschmerzen vor. »Ich habe schon beim Notdienst angerufen und einen Termin bekommen.« In Wahrheit war ich mit Bertus Freese am Anlieger der Spiekeroog Fähre verabredet.

Er wartete schon auf dem Parkplatz in seinem dunkelroten alten Ford. Wie verabredet, stieg ich zu ihm in den Wagen.

»Moin«, nuschelte ich und reichte ihm die Hand. »Woher wissen Sie das eigentlich? Ich meine das von Frau Lorenz? Sie haben doch gesagt, ihr Kollege, der Ihnen Informationen geben könnte, wäre nicht im Dienst?«

»Er ist seit zwei Tagen wieder zurück«, informierte mich Freese und öffnete das Fenster. »Ich glaube, wir gehen bei der Hitze heute lieber ein paar Schritte.«

»Ja, wird das Beste sein.« Meine Bluse klebte bereits an meinem Körper. Mit der Hand versuchte ich, mir etwas frische Luft zuzufächeln. »Da hinten ist Schatten.«

»Was ist denn passiert?«, wollte ich von ihm wissen, als wir endlich auf einer Bank ein schattiges Plätzchen gefunden hatten.

Freese wischte sich mit einem großen karierten Taschentuch über die Stirn. »Mein Kollege hat gewusst, dass ich an dem Fall van Hoorn interessiert bin. Und da die Polizei weiß, dass Frau Lorenz die Ehefrau des Toten war, hat er sich gedacht, dass mich das sicher interessieren würde.« Umständlich verstaute er das Tuch wieder in seiner Hosentasche. »Ich kann die Hitze nicht ab.«

»Und weiter?« Er ließ sich wirklich jedes Wort aus der Nase ziehen.

»Frau Lorenz ging den Ermittlungen zufolge jeden Tag zwischen sechzehn und siebzehn Uhr in ihre Tanzschule, um die abendlichen Kurse vorzubereiten. So war das auch gestern. Der Assistent hat sie gegen achtzehn Uhr gefunden. Es war so … Moment.« Er kramte in seiner Brusttasche und zog schließlich einen Zettel hervor. »Also Todeszeitpunkt war gestern Abend ungefähr siebzehn Uhr, plus minus eine halbe Stunde. Sie wurde mit einem stumpfen Gegenstand erschlagen. Es gab keinerlei Kampfspuren, auch die Türen und Fenster waren unversehrt.«

»Dann kannte sie den oder die Täter und hat sie selbst hereingelassen?«, überlegte ich laut. »Obwohl das auch nicht so sicher ist, denn sie könnte einen Fremden oder eine fremde Person für einen Interessenten für ihre Kurse gehalten haben. Oder aber, die Türen waren überhaupt nicht abgeschlossen und das Haus für jeden zugänglich.«

»Alle Achtung, Frau Petersen, gut kombiniert«, lobte er mich und meinte das auch augenscheinlich ernst. »Sie sind ein Naturtalent.«

»Danke fürs Kompliment. Und jetzt?«

»Und jetzt muss ich los. Ein Termin bei meinem Kardiologen. Ich rufe Sie an. Es gibt sicherlich einige Überlegungen, die wir anstellen könnten, natürlich nur, wenn Sie wollen.«

Und ob ich wollte. »Ich mache Ihnen einen Vorschlag, kommen Sie doch morgen Nachmittag ins Café Kluntje. Wir könnten uns ins Büro zurückziehen und alles noch einmal durchdenken.« Mein Kopf dröhnte. »Im Moment bin ich ein wenig kopflos. In der Zwischenzeit kann ich meine Gedanken mal sortieren.«

Freese lachte. »Kann ich gut verstehen. Bis morgen.«

Netti stand schon am Fenster, als ich auf unsere Auffahrt fuhr. Noch ehe ich aussteigen konnte, stand sie schon neben mir. »Du warst nie und nimmer beim Zahnarzt!« Sie sah mich streng an. »Ich kenne dich doch.«

Stöhnend stieg ich aus und lehnte mich an den Bulli. »Dir kann man nichts vormachen«, gestand ich und erzählte ihr, was sich ereignet hatte.

17

Selma saß mit geschlossenen Augen am Tisch in der Küche des Cafés, als ich am nächsten Morgen herunterkam. Leise stöhnte sie vor sich hin. »Was ist denn mit dir los?«, wollte ich wissen. So kannte ich sie gar nicht. »Ist was mit Fridjof?«

»Nee, dem geht's gut. Mir ist ein Spritzer von der Zitrone ins Auge geraten. Das brennt wie verrückt.«

»Warte kurz.« Schnell lief ich in die Personaltoilette, nahm eines der kleinen Handtücher und hielt es kurz unter kaltes Wasser.

»Hier, damit kannst du dir das Auge reiben.« Ich reichte ihr das Handtuch. »Immer zur Nase, sonst wird es noch schlimmer.«

Vorsichtig bearbeitete Selma ihr Auge. »Wird schon besser. Ich bin aber auch zu blöd.«

»Für was brauchtest du denn Zitrone?«

Sie zeigte auf die große Backschüssel. »Ich habe ein neues Rezept ausprobiert. Zitronenschaumtorte mit Sanddorn. Ich glaube, die wird gut.«

»Hauptsache, du bleibst körperlich unverletzt.« Ich strich ihr leicht über die Schulter.

»Emely, kannst du mal kommen?« Leevke steckte den Kopf zur Tür hinein. »Teelse will was von dir.«

»Ich komme.« Selma war inzwischen wieder an die Arbeit gegangen und bearbeitete voller Inbrunst den Teig.

Unsere Putzfee war gerade dabei, die Bücherregale abzustauben. »Guck mal«, sagte sie und hielt mir ein Buch hin. »Es lag oben auf den anderen Büchern. Deshalb ist es mir überhaupt aufgefallen. Ich weiß ja, dass Leute was klauen, aber dass die auch was hinstellen, habe ich noch nie erlebt.« Sie reichte mir das Buch.

»Frauen besser verstehen – Wie Sie eine Scheidung verhindern«, las ich laut vor. »Das hat ein Mann geschrieben. Jedenfalls ist der Autorenname männlich.«

»Du solltest es lieber nicht dastehen lassen«, meinte Teelse, »sonst denken die Gäste noch, wir wären irgend so ein Emanzenladen.«

»Aber das hat doch ein Mann verfasst«, entgegnete ich, »oder gibt es auch männliche Emanzen?«

»Keine Ahnung, aber wirf es besser weg.« Teelse machte sich daran, die Fensterbänke abzustauben.

Das Buch entsorgte ich in meinem Papierkorb im Büro. In den nächsten Stunden war ich damit beschäftigt, die

Wünsche der Gäste zu erfüllen. Am Nachmittag kam Freese herein. Da mir Leevke signalisierte, den Rest alleine zu schaffen, verzogen wir uns ins Büro.

»Heute Morgen habe ich noch einmal mit meinem früheren Kollegen gesprochen«, erzählte der ehemalige Kommissar, als wir uns hingesetzt hatten. »In der Wunde von Frau Lorenz wurden Spuren einer Silberlegierung gefunden.«

»Das bedeutet, dass sie mit einem Gegenstand, der mit solch einer Legierung überzogen ist, erschlagen wurde?«

»Das stimmt«, bekräftigte Freese, »aber man hat bisher nichts Derartiges am Tatort gefunden.«

»Dann hat der Täter den Gegenstand eventuell mitgenommen«, überlegte ich laut. »Jetzt müsste man nur noch wissen, wer der Täter ist und dann könnten wir bei demjenigen nachsehen … das ist natürlich Unsinn.«

Er lehnte sich entspannt zurück. »Lassen Sie uns doch mal überlegen, welche Personen als Verdächtige im Fall Anton van Hoorn infrage kommen«, schlug er vor.

»Gut … da wäre einmal die Frau, die ihn ins Café Kluntje begleitet hat. Meta Johannson war einst seine Lebensgefährtin und ist sauer auf ihn, weil er seine

Schulden nicht zurückbezahlt hat.«

»Könnte ein Motiv sein«, nickte Freese. »Und weiter?«

Emely, reiß dich zusammen, ermahnte ich mich. Auf keinen Fall wollte ich mich vor dem ehemaligen Kommissar blamieren. »Dann gibt es noch van Hoorns Schwester und seinen Bruder. Die Geschwister waren nicht gut aufeinander zu sprechen. Außerdem waren sie auch auf Frau Lorenz sauer, von daher kämen Astrid Singer sowie Ferdinand van Hoorn im Fall Lorenz als Täter ebenfalls infrage. Und die Schwägerin Jessika van Hoorn? Warum sollte sie ihrem Schwager nach dem Leben trachten? Oder dessen Witwe? Gut, sie war überrascht, von der Eheschließung zu hören. Aber … nein, ich glaube, die ist zu blond für so eine Tat, ich würde sie als durchgedrehte Nudel bezeichnen, mehr nicht.«

»Eine gute Analyse, wenn auch mit sehr eigenen Worten.« Er grinste und runzelte dann die Stirn. »Wie hieß der Mann noch mal, dem van Hoorn die Bildfälschung angedreht hatte?«

»Das war Gernod Ukena. Der hat eine Menge Geld dadurch verloren und könnte aus Rache … vielleicht aber auch die Mutter von Ukena? Schließlich ist ihr Söhnchen ja ordentlich beschiss… betrogen worden.«

»Ich glaube, das ist ein wenig weit hergeholt, aber wer weiß, welche Wahrheit dahintersteckt?«
Ratlos sah ich aus dem Fenster. »Vielleicht hat Frau Lorenz ihren Ehemann vergiftet?«, überlegte ich laut. »Bleibt die Frage, wer wiederum sie … Herr Freese, Sie könnten noch einmal bei Ihrem Kollegen nachfragen, wie es mit den Alibis von Gernot Ukena, Frau Johannson, Frau Singer und Ferdinand van Hoorn aussieht. Dann wären wir schon ein Stück weiter.«

»Ja, so machen wir das«, stimmte er mir zu und stand auf. »Ich rufe Sie an, wenn …« Er stockte. »Warum tun Sie das alles?«

»Wahrscheinlich, weil ich einfach nur neugierig bin«, gestand ich. »Ich wollte schon immer alles genau wissen. Gero … also mein verstorbener Mann hat sich immer darüber amüsiert.« Bei dem Gedanken an Geros spöttisches Gesicht musste ich lachen. »Als Kind habe ich mal meinen Teddy auseinandergenommen«, erzählte ich weiter, »nur weil ich wissen wollte, woher das Brummen kam. Meine Mutter hat damals …«

In diesem Moment öffnete sich nach einem kurzen Klopfzeichen die Tür und Netti kam herein. »Emely? Ach du hast noch Besuch?« Ihr Gesicht strahlte, als sie den Kommissar erkannte. »Wie geht es Ihnen?«

»Ja, gut, aber ich muss mich jetzt verabschieden.«

»Papperlapapp, nix da.« Sie sah mich an. »Annalotta hat für eine ganze Armee Pizza gebacken und da wäre es doch nett, wenn Herr …?«

»Freese«, half ich aus.

»Ja, also, wenn wir noch einen Gast hätten. Wäre doch lustig, oder?«

»Eine sehr gute Idee«, stimmte ich ihr zu. »Herr Freese, wie wäre es?« Ich bewunderte Netti, sie kam immer auf den Punkt und erreichte fast immer, was sie wollte.

Bertus Freese lachte. »Da kann ich ja nicht Nein sagen.«

Auch Horst gesellte sich zu uns in meine Küche, obwohl er den italienischen Gerichten nicht gerade zugetan war. Aber der kalifornische Rotwein überzeugte ihn sofort.

Schon lange hatte ich mich nicht mehr so wohl und entspannt gefühlt. Wilko erzählte ein paar Witze und Horst verriet uns, dass er seine Aktien mit Gewinn verkauft hatte, was ihm ein liebevolles Lächeln seiner Frau einbrachte.

Der Wein war wirklich gut. Bertus Freese wurde immer lockerer, erzählte ein paar Döntjes aus seinem Berufsleben.

Nach drei Stunden, wir hatten uns alle nach der

italienischen Spezialität noch Walnusseis mit Sahne gegönnt, tranken Bertus Freese und ich Brüderschaft, was selbstverständlich mit einem Sanddornschnaps gefeiert werden musste.

Später zerrte Netti den bestens gelaunten Horst nach Hause, obwohl er gegen diese Bevormundung auf das Heftigste protestierte. Bertus verfrachteten wir in ein Taxi und meine Kinder und ich räumten unter großem Gelächter die Küche auf. Kurz nach Mitternacht saß ich im Nachthemd in meiner Küche, rieb meine brennenden Füße mit einem kühlenden Gel ein und philosophierte über das Leben im Allgemeinen und im Besonderen.

18

Direkt nach dem Aufstehen schluckte ich zwei Aspirin, um den ungewohnten Kopfschmerz zu vertreiben. Ein schöner Abend war das, voller Lachen und guter Laune, ja, es war schön, eine Familie zu haben.

»Na Mama, wieder fit?«, neckte mich Annalotta, setzte ein Glas Milch an den Mund und trank es auf ex aus. »Boah, das war gut.«

Wilko hatte zum Glück schon die Kaffeemaschine angeworfen. In aller Ruhe gönnte ich mir eine Tasse des belebenden Getränks und dachte an die tote Tanzlehrerin. Sie war so voller Freude gewesen, hatte sich wie in Trance zu Tangomusik bewegt. Jetzt lag sie in irgendeinem gekachelten Raum und jemand schnippelte an ihr herum. War es nicht merkwürdig, dass ausgerechnet sie und ihr Angetrauter ermordet worden waren? Was steckte dahinter? Na ja, die Polizei wird es schon herausbekommen, aber wann würde das sein?

»Telefon«, rief meine Tochter in der Küchentür stehend und hielt mir den Hörer entgegen. »Es ist Selma.«

»Moin Selma, was gibt es?«, nuschelte ich in den Hörer.

»Es ist … Fridjof ist gestürzt«, ertönte die ängstliche Stimme der sonst so kräftigen besten Kuchenbäckerin der Welt. »Zum Glück nichts Schlimmes, aber der Arzt meinte, ich sollte ihn heute nicht alleine lassen.«

»Ist doch klar«, entgegnete ich, »du bleibst heute schön zu Hause und wir sorgen für den Rest.«

»Ach Emely, es tut mir so leid.«

»Hauptsache, dein Mann wird wieder«, versuchte ich sie zu beruhigen.

Ausgerechnet heute, dachte ich, als ich mit meinem Brummschädel planlos in meiner Küche saß. Auch wenn ich eine recht gute Tortenbäckerin war, gegen Selmas Kunst kam keiner an. Lustlos duschte ich und ging nach unten.

Leevke bereitete schon alles in Gastraum vor, während ich in der Küche begann, den Rührbesen zu schwingen. Die Gäste kamen, hielten sich eine Weile auf und verließen mit einem zufriedenen Gesicht unser Geschäft. Es war einer der etwas ruhigeren Tage. Bei diesem strahlenden Sonnenschein hielten sich die Feriengäste meist am Strand auf und ließen sich den Nordseewind um die Nase wehen.

»Emely, komm mal«, flüsterte Leevke und machte

mir ein Zeichen. »Da ist jemand, der dich sprechen will.«

»Wer will denn jetzt etwas von mir?«, antwortete ich ungehalten über die unplanmäßige Unterbrechung. Ich wischte meine Hände an der Schürze ab und folgte Leevke aus der Küche.

»Da hinten sitzt er«, informierte sie mich und deutete auf Bertus Freese, der mit dem Rücken zu mir am Fenster saß.

»Moin«, begrüßte ich ihn, als ich an den Tisch getreten war, »so früh hätte ich nicht …«

Er drehte sich zu mir um. »Moin Frau Petersen … Emely«, stotterte er, »es ist mir echt peinlich …« Abwartend sah er mich an.

In dem Moment fiel bei mir der Groschen. »Ach ich weiß jetzt, um was es geht«, grinste ich, »wir haben gestern Abend Brüderschaft getrunken, obwohl wir ein gewisses Maß an Alkohol intus hatten, aber ich finde …«, ich setzte mich zu ihm, »dass wir das ganz richtig gemacht haben.«

»Ich wusste nicht genau, ob du das so siehst.«

»Deshalb machen wir das noch mal ganz offiziell.« Ich hielt ein imaginäres Glas hoch. »Ich bin Emely und möchte gerne Du zu dir sagen, Bertus.«

Er fing an, schallend zu lachen. »Da bin ich aber

erleichtert, ich dachte schon … aber jetzt ist ja alles geklärt.«

»Ja, zwischen uns beiden ist alles geklärt«, stöhnte ich, »aber die andere Sache …«

»Deswegen bin ich auch heute Morgen hierhergekommen. Mein Kollege sagt, die Alibis sind überprüft, aber so ganz stichhaltig sind sie alle nicht und es wären noch weitere Ermittlungen nötig.«

»Jetzt wissen wir so viel wie vorher.« Ich war frustriert. »Wir können ja jetzt nicht alle Beteiligten abklappern und nach ihren Alibis fragen, das gäbe bestimmt Ärger.«

Er nickte. »Da kann ich dir nur zustimmen, aber ich weiß noch etwas anderes. Die Nichte und einzige Angehörige von Frau Lorenz war heute Morgen noch einmal bei der Polizei in Wittmund. Das hat mir mein Kollege verraten. Anschließend wollte sie am frühen Nachmittag zur Tanzschule ihrer verstorbenen Tante fahren. Wir könnten da ja mehr oder weniger zufällig dort aufkreuzen? Ich könnte mir gut vorstellen, dass wir noch ein paar Informationen erhalten.«

»So was Blödes«, entgegnete ich, »ausgerechnet heute. Selma ist krank und ich weiß nicht, ob ich bis dahin mit den Torten fertig werde. Bürokram muss ich auch noch machen.«

»Wo ist denn eure Küche?« Bertus sah sich um.

»Ähm … wieso?« Ich zeigte zur Küchentür.

Er war schon aufgesprungen und durch die Küchentür gestürmt. »Bertus, was machst du?«

Rasch folgte ich ihm in die Küche. Fassungslos sah ich ihm zu, wie er mit einem Lächeln unsere Tortenwerkstatt inspizierte. »Bertus?«

»Emely, ich schlage vor, du gehst ins Büro und ich übernehme die Küche.« Er nahm Selmas Schürze vom Haken und band sie sich um. »Auch wenn es vielleicht nicht so perfekt ist, wie du es gewohnt bist, aber ich bin ein leidenschaftlicher Kuchenbäcker und …«, er machte eine kleine Pause, »… und wenn es dich beruhigt, ich habe vor Beginn meiner Polizeilaufbahn eine Lehre als Konditor gemacht.«

Erleichtert boxte ich ihn auf den Arm. »Das hättest du mir auch gleich sagen können.«

»Spaß muss sein«, lachte er und sah mich strahlend an.

Ich zeigte ihm noch kurz, wo er alles finden würde, und machte mich dann an meine Büroarbeit.

Am frühen Nachmittag waren wir fertig und ich musste zugeben, seine Torten waren ein Meisterwerk. Sogar Annalotta konnte ihren Mund nicht mehr zubekommen. Wir probierten von jeder Sorte ein Stück und waren begeistert.

»Wenn du jetzt Zeit hättest, könnten wir los«, meinte Bertus und zog seine Jacke an.

»Ich gucke mal, was Leevke macht …«

»Mama, geh ruhig, ich kann Leevke helfen«, schmunzelte meine Tochter und schob mich zur Tür hinaus.

»Du hast eine sehr vernünftige Tochter«, sagte Bertus später, als wir im Bulli saßen. »Sie wirkt so erwachsen.«

»Das kommt wahrscheinlich daher, weil sie die meiste Zeit ohne Vater aufgewachsen ist. Aber ich hatte Unterstützung von meiner Schwiegermutter und ihrem Mann. Sie haben alles für mich getan, seit Gero tot ist.«

»Das war sicherlich schwer.«

»Ja, aber ich denke, ich habe es ganz gut hinbekommen. Hast du Kinder?«

»Nein, bedauerlicherweise nicht. Meine Frau … es waren gesundheitliche Gründe. Sie hat es bis zu ihrem Tod bedauert.«

Wir schwiegen eine Weile. »Manchmal ist es im Leben schwer und man hat keine Ahnung, wo dies alles hinführt«, sagte ich schließlich. »Umso mehr kann man es genießen, wenn alles in geordneten Bahnen verläuft und wir mit netten Menschen unsere Zeit verbringen können. So wie gestern Abend.«

»Ich wollte gerade fast dasselbe sagen …« Er sah aus dem Fenster. »Ich glaube, wir sind da.«

Der alte Bauernhof, in dem die Tanzschule untergebracht war, lag friedlich in der Junisonne. Ein Spaziergänger hätte nie vermutet, dass in dieser Idylle ein Verbrechen geschehen war.

Ich parkte den Bulli und wir stiegen aus. Es war niemand zu sehen. »Wahrscheinlich ist noch keiner hier.« Hoffnungsvoll zog ich an der Eingangstür, die sich tatsächlich öffnen ließ. »Komm, wir gehen einfach rein.« Der Tanzraum war dunkel und leblos. Ich dachte an die betörende abendliche Atmosphäre, als alles hier in helles Licht getaucht war.

»Hallo?«, rief Bertus. »Ist jemand da?«

Ein junger Mann, ich erkannte in ihm den Assistenten von Frau Lorenz, kam aus einem der Seitentüren. »Moin, was kann ich für Sie tun?«

»Entschuldigen Sie unser Eindringen«, begann ich und hatte keine Ahnung, wie ich unser Hiersein erklären sollte.

»Wir sind hier wegen Ihrer Chefin und deren Ehemann«, sprang Bertus ein. »Das ist Frau Petersen. In ihrem Café ist der Ehemann von Frau Lorenz verstorben.«

»Ach ja, jetzt weiß ich«, antwortete er sichtlich erleichtert. »Ich bin Rufus Brinkmann und der Assistent von Frau Lorenz, beziehungsweise ich war es.« Er schluckte schwer und sah sich um. »Was jetzt hier aus der Tanzschule wird, weiß ich auch nicht.«

»Das war sicher ein Schock für Sie, als Sie Frau Lorenz gefunden haben.« Ich hoffte, dass der junge Mann nicht allzu verschwiegen war.

»Das können Sie wohl glauben«, stöhnte er und Tränen schimmerten in seinen Augen. »Sie war immer so freundlich.«

»Wissen Sie denn, wo sich Frau Lorenz und Herr van Hoorn kennengelernt haben?«, fragte Bertus nach.

»Nein, das weiß ich nicht«, bedauerte Rufus. »Herr van Hoorn kam regelmäßig zu uns und hat, so war jedenfalls mein Eindruck, leidenschaftlich gerne Tango getanzt. Ich glaube, das war es, was die beiden verbunden hat.«

Bertus sah sich um. »Ich nehme an, die Polizei war schon hier?«

»Ja, natürlich. Sie haben allerlei Fragen gestellt, aber viel konnte ich nicht beantworten. Sie wollten wissen, ob etwas fehlt, aber mir ist nichts aufgefallen. Die paar Euros, die wir an der Getränkebar einnehmen, nimmt … nahm Frau Lorenz immer mit nach Hause.«

Umständlich räusperte ich mich. »Ich kannte Frau Lorenz ja nur flüchtig, aber ich hatte den Eindruck, dass sie mit viel Feingefühl auf ihre Mitmenschen zugegangen ist. Hatte sie denn mal mit jemandem Streit?« Die garstigen Worte, die sie anlässlich der Beerdigung von Anton van Hoorn von sich gegeben hatte, ließ ich unerwähnt.

Rufus sah auf den Boden. »Also wenn ich ehrlich bin, sie konnte auch sehr bestimmend sein. Sie hatte eben ihre Meinung und dann blieb sie auch dabei.«

Bertus nickte. »Ja, so ist es manchmal. Sagen Sie, hat Frau Lorenz hier auch gewohnt? Es ist ja ein sehr schönes Haus.«

»Nein, sie hat eine Wohnung zehn Autominuten von hier entfernt. Manchmal hat sie im Büro übernachtet. Da steht ein Sofa … Wenn Sie wollen, zeige ich es Ihnen.«

»Das wäre nett«, meinte Bertus und wir folgten ihm in ein modern eingerichtetes Büro.

»Sehen Sie hier hat sie manchmal geschlafen.«

Rufus zeigte auf eine geblümte Schlafcouch. »Ich habe ihr immer gesagt, sie solle nicht die ganze Nacht hier alleine verbringen, schließlich liegt der Bauernhof doch recht einsam. Aber sie schien keine Angst zu haben.«

»Und dann ist ihr am helllichten Tag etwas zugestoßen«, bemerkte ich und sah mir die Regale mit den verschiedenen Pokalen an. »Sind die alle von Frau Lorenz?«

Rufus nickte. »Ja, Wibke hat früher an vielen Tanzwettbewerb teilgenommen, vornehmlich lateinamerikanische Tänze. Sie hat oft den ersten Platz gemacht und …« Er trat zwei Schritte näher an das Regal heran und ließ seinen Blick über die dort aufgereihten Pokale wandern. »Dass mir das nicht eher aufgefallen ist«, flüsterte er, »aber es ist ja auch keine Lücke zu sehen. Barcelona, es fehlt der Pokal der Weltmeisterschaft aus Barcelona.«

»Wie sah der Pokal denn aus?«, fragte Bertus nach.

»Silber, er war silbern.«

»Ich denke, Sie sollten die Polizei anrufen«, empfahl Bertus. »Es könnte sein, dass der verschwundene Pokal die Tatwaffe ist.«

»Welcher Pokal?«, wollte eine junge Frau wissen, die leise hereingekommen und in der Tür stehengeblieben war. »Ist sie damit erschlagen worden?«

Wir drehten uns alle erschrocken um. »Das wissen wir nicht«, stotterte ich. »Und Sie sind?«

»Entschuldigung, ich bin Rebekka Lorenz. Wibke war meine Tante.«

Bertus und ich stellten uns vor. Rufus eilte auf sie zu und reichte ihr die Hand. »Ich habe Sie schon erwartet.«

»Leider habe ich mich verspätet«, gestand sie, »aber bei der Polizei hat es länger gedauert und dann war ich noch beim Notar.«

»Sie sind die Erbin ihrer Tante?«, fragte ich direkt. Rebekka Lorenz nickte. »Ja, meine Tante hat es schon zu ihren Lebzeiten so gewollt und der Notar hat es mir eben bestätigt.« Erschöpft ließ sie sich auf einen Stuhl fallen. »Im Moment bin ich ein wenig überfordert.« Sie machte eine ausladende Bewegung. »Was soll ich denn jetzt mit dem Bauernhof machen?«

Rufus knetete nervös seine Hände. »Vielleicht könnten Sie die Tanzschule weiterführen? Die läuft ganz gut.«

Rebekka Lorenz zuckte mit den Schultern. »Daraus wird wohl nichts. Ich bin Rechtsanwältin und wohne in Hannover. Außerdem habe ich vom Tanzen überhaupt keine Ahnung.«

»Stimmt, das passt nicht zusammen«, überlegte ich, »aber Sie könnten das Anwesen verpachten.«

Die Nichte der Getöteten erhob sich von ihrem Stuhl und atmete ein paarmal tief ein und aus. »Im Moment weiß ich überhaupt nicht, was ich machen soll. Da ist ja auch noch das Haus meiner Tante in Neuharlingersiel.«

»Meinen Sie, das Haus, welches sie ihrem Ehemann abgekauft hat?«, fragte ich nach, obwohl ich mir sicher war, dass sie dieses Haus meinte.

»Ja, genau das meine ich. Wissen Sie, ich wusste noch nicht einmal, dass meine Tante verheiratet war.« Sie öffnete ihre Handtasche und nahm einen Briefumschlag heraus. »Sehen Sie hier.« Sie nahm eine Karte aus dem Umschlag und reichte sie mir. In Schnörkelschrift verkündete das frischgebackene Ehepaar Lorenz-van Hoorn die kürzlich vollzogene Eheschließung.

»Und Sie hatten keine Ahnung?«, fragte ich und gab ihr die Karte zurück. »Es ist ja nicht unüblich, erst zu heiraten und dann Familie und Freunde zu informieren.« Wenn ich da an den Zirkus dachte, den manche Leute veranstalteten. Die Hochzeit musste einer Fürstenhochzeit das Wasser reichen können und im Anschluss daran war das junge Glück pleite.

Rebekka schüttelte den Kopf. »Ich war total perplex. Ich hatte keine Ahnung, dass Wibke überhaupt liiert war.«

»Dann haben Sie den Mann Ihrer Tante auch nie kennengelernt?« Bertus und Rufus folgten wortlos unserem Gespräch.

»Nein, bedauerlicherweise nicht«, antwortete sie, »aber ich hätte gerne den Ehemann von Wibke unter die Lupe genommen.« Sie lächelte jetzt. »Es gibt sonst niemanden mehr in unsere Familie. Ich bin sozusagen die einzige Angehörige meiner Tante.«

Bertus machte einen Schritt nach vorne. »Deshalb hat ihre Tante Ihnen alles vererbt?«

»Ja, wie gesagt, sie hatte ja sonst niemanden. Jetzt muss ich sehen, dass ich das alles geregelt bekomme.« Sie sah Rufus an. »Herr Brinkmann, bitte haben Sie Verständnis, aber ich werde mir das Haus morgen ansehen. Geht das?«

Rufus nickte. »Kein Problem.«

»Danke.« Frau Lorenz sah auf ihre Uhr. »Ich muss nämlich nach Neuharlingersiel, ein Makler wartet dort auf mich. Könnte einer von Ihnen mir den Weg erklären? Mein Navi hat den Geist aufgegeben oder ich habe da etwas verstellt, jedenfalls kann ich nicht auf die digitale Hilfe zählen.«

»Wenn Ihnen das hilft«, meinte ich nach einem kurzen Blickwechsel mit Bertus. »Können wir Sie hinbringen, das liegt auf unserem Heimweg.«

Irritiert sah mich Frau Lorenz Nichte an. »Wissen Sie denn, wo das Haus ist?«

»Ja«, nickte ich, »Ihre Tante hat mich einmal dahin mitgenommen.«

»Am besten, Sie fahren uns nach«, schlug Bertus

vor, als Frau Lorenz zustimmend genickt hatte.

Als wir später im Bulli saßen und Richtung Neuharlingersiel fuhren, stützte Bertus nachdenklich seinen Kopf in seine Hand.

»Über was grübelst du nach?«, wollte ich von ihm wissen.

»Ich überlege, ob diese junge Frau ein Motiv haben könnte, ihre Tante zu töten.«

»Du meinst wegen des Erbes?«

Bertus nickte. »Das ist ein sehr schlüssiges Motiv.«

»Ich weiß nicht«, wandte ich ein, »sie wirkt ein wenig überfordert. Ich kann mir nicht vorstellen, dass sie von Hannover nach Aurich fährt, ihre Tante erschlägt und dann wieder abdüst gen Heimat. Das wäre doch bestimmt jemandem aufgefallen.«

»Der wahre Mörder ist auch zum Bauernhof gefahren und hat sie erschlagen und das hat angeblich auch niemand mitbekommen.«

»Ja, du hast recht«, musste ich kleinlaut zugeben.

»Hast du nie daran gedacht, dir ein kleineres Auto zuzulegen?« Er deutete auf die fünf leeren Sitze hinter uns.

»Nein, nicht solange ich muss. Gero und ich haben den Bus zusammen gekauft, deshalb kann ich ihn nicht weggeben. Außerdem sitze ich hier ziemlich hoch und habe einen guten Überblick.«

»Das leuchtet mir ein … Ah, der Makler ist schon da«, stellte Bertus fest und zeigte auf den Mercedes mit der dezenten Aufschrift Immobilien Bonhuis. »Ich steige mal aus und seh nach, ob mit Frau Lorenz alles in Ordnung ist.«

»Was soll denn nicht …?«, wandte ich ein, aber Bertus war schon verschwunden.

»Sie fragt, ob wir noch mit ins Haus kommen wollen.« Bertus hatte die Autotür wieder geöffnet. »Ich glaube, sie will da nicht alleine reingehen.«

»Kein Problem, kann ja nix schaden.« Ich löste meinen Gurt und stieg ebenfalls aus.

»Das ist nett von Ihnen«, bedankte sich Rebekka Lorenz bei uns, als sie ihr Auto verschlossen hatte.

Der Makler, ein fülliger Mann um die fünfzig, hielt uns wohl für Interessenten und bat uns höflich ins Haus.

»Sie können sich ja schon mal oben umsehen«, schlug er vor. »Ich gehe mit Frau Lorenz ins Wohnzimmer. Wir haben da noch einiges zu klären.«

»Ja, das ist gut«, entgegnete ich und wartete, bis sich der Makler und Frau Lorenz entfernt hatten.

»Wiebke Lorenz hat mich ja mal mit in dieses Haus genommen, aber im ersten Stock war ich damals nicht.

Komm, wir sehen uns das alles einmal an.«

»Meinst du, du entdeckst etwas, was uns weiterhilft?« Skeptisch sah Bertus in die Runde.

»Keine Ahnung, aber ich sehe mir gerne an, wie andere Leute wohnen.«

Die gesamte Treppenwand war über und über mit Fotografien bestückt. Alle waren gleich groß und hatten den gleichen schwarzen Rahmen. Auf fast jedem Bild war Anton van Hoorn mit einer Dame zu sehen, die er mehr oder weniger fest im Arm hielt. Die Fotografien waren alle an dem gleichen Ort aufgenommen, nämlich vor einem Hotel mit dem Namen Honeymoon Inn.

»Kennst du das Hotel?«, fragte ich Bertus, der daraufhin den Kopf schüttelte.

»Das ist ein schönes altes Haus mit den eisernen Balkonbrüstungen«, bemerkte er und zeigte auf die bodentiefen Fenster der Hotelfassade.

»Warte mal.« Ich zückte mein Smartphone und hatte nach wenigen Augenblicken das gesuchte Hotel gefunden. »Das ist in Hamburg und … Donnerlittchen, da kostet eine Übernachtung ein Vermögen.«

»Das Ambiente musst du eben mitbezahlen«, meinte er sarkastisch.

»Für mich wäre das nichts«, wehrte ich ab und verstaute das Telefon wieder in meiner Tasche. »Ich würde wahrscheinlich alle halbe Stunde wach werden und mich ärgern, dass schon wieder dreißig Euro weg wären.«

»So gesehen hast du recht.« Bertus ging näher an eines der Fotos heran. »Da steht noch etwas Handschriftliches. Moment … ja … siehst du hier? Er hatte jeweils den Namen der Frau sowie ein Datum darauf vermerkt und dabei jedes Mal einen grünen Filzschreiber verwendet.«

»So ein Schlawiner. Er war immer im gleichen Hotel mit seinen Liebchen. Und damit er nicht vergisst, wann er die Weiber abgeschleppt hat, hat er es schön säuberlich notiert.« Ich reckte mich und ließ meinen Blick über die Bilderwand wandern. »Das sieht aus, wie eine Trophäensammlung. Jetzt habe ich auch eine Ahnung, wie und wo er sein ganzes Geld versenkt hat.«

»Es hat ihm sicherlich gefallen.« Bertus lief weiter bis in den ersten Stock. Irritiert folgte ich ihm. Der tote Anton entpuppte sich langsam als ein Mann, der anscheinend ein sehr geheimnisvolles Leben geführt hat. Auch im Obergeschoss des Hauses war alles sehr teuer und geschmackvoll eingerichtet. Die Vorhänge waren sicherlich sündhaft teuer, vermutete ich und wunderte mich über die vielen Goldtöne, die hier vorherrschten.

»Emely, komm mal«, raunte Bertus und zeigte mit

dem Kopf zum Badezimmer.

»Auch sicherlich sehr vornehm«, flüsterte ich und betrat das Bad. Das, was ich sah, hatte ich nicht erwartet. Die Klobrille schimmerte golden, die Duschabtrennung war mit goldenen Applikationen verziert und der Spiegel war mit irgendwelchen Glitzersteinchen umrandet. »Ich denke mal nicht, dass das Brillanten sind, oder?«, bemerkte ich spitzzüngig. »Komm, wir haben genug gesehen.«

Bertus brummte etwas Unverständliches und folgte mir ins Erdgeschoss.

»Frau Lorenz«, dozierte der Makler gerade, »wenn Ihnen an einem schnellen Verkauf gelegen ist, lassen Sie die Einrichtung so wie sie ist. Ein leeres Haus wirkt unpersönlich und büßt sehr viel von seinem Charme ein.« Er öffnete seinen obersten Hemdknopf. »Ich kann die Hitze nicht ab«, stöhnte er. »Des Weiteren werde ich, Ihr Einverständnis vorausgesetzt, morgen mit einem Fachmann kommen, der wird für dieses Haus einen virtuellen Rundgang erstellen. Sie wissen schon, alle Zimmer im Blick.« Er lachte, es hörte sich an wie das Meckern einer Ziege. »Es ist insofern von Vorteil, dass ich es Kunden, die bei mir ihr Interesse bekunden, die Räumlichkeiten in meinem Büro per Video vorführen kann. Das ist für den Kunden so, als würde er in der Realität durchs Haus gehen und er kann sich alles in Ruhe ansehen. Auch für den Fall … irgendwann werden sie ja die Möbel veräußern und … also für die Zukunft halte ich dieses Vorgehen für angebracht.«

Betreten sah die Erbin zu Boden. »Es ist so, Anfang nächster Woche kommt eine Firma und räumt das Haus aus. Ich muss … ich will das alles so schnell wie möglich hinter mir lassen.«

»Nun gut«, antwortete der Makler, leicht pikiert, »wir hätten dann ja noch das Video. Soll mir auch recht sein.«

»Ich bin froh, dass Sie so viel Verständnis haben«, bedankte sich Frau Lorenz bei dem dicklichen Mann. »Sie melden sich bei mir, wenn sich etwas Neues ergibt?«

»Ja, Sie hören von mir.«

»Wir müssen auch los«, sagte ich und reichte den beiden die Hand. Bertus verabschiedete sich mit einem knappen Kopfnicken.

»Ich fahre dich jetzt nach Hause«, teilte ich Bertus mit. »Für heute bin ich echt bedient.«

»Ja, war ein langer Tag«, nickte er und zog mit einem Schwung den Gurt aus der Halterung.

»Dass du so gut backen kannst, war für mich eine

schöne Überraschung. Nie im Leben hätte ich das vermutet. Du hast mir echt geholfen.« Ich lächelte ihn von der Seite an.

»Da nich für«, grinste Bertus, »wann immer du Bedarf hast, sag mir Bescheid. Ich bin froh, wenn ich den Rührbesen schwingen kann.«

»Du kannst dich darauf verlassen.« Aus den Augenwinkeln konnte ich sehen, wie Jessika van Hoorn die Gardine an einem Fenster im Erdgeschoss einen wenig zur Seite schob und uns beobachtete. »Dann wollen wir mal«, murmelte ich und startete den Motor.

»Wo muss ich lang?«, wollte ich von Bertus wissen. »Ich habe keine Ahnung, wo du wohnst.«

»Ich wohne im Süderrief. Da vorne musst du rechts fahren.« Er wies mir den weiteren Weg und nach ein paar Minuten hielt ich vor dem Haus, in dem er wohnte. »Wir telefonieren und überlegen, was wir noch unternehmen können, ja?«

Müde stieg Bertus aus. »Ja, wir lassen einfach alles sacken und dann sehen wir weiter.« Mit Schwung warf er die Autotür zu.

Nach wenigen Minuten fuhr ich auf unsere Auffahrt. Jetzt eine schöne Tasse Tee und eine entspannende Dusche. Voller Vorfreude schloss ich den Bulli ab. Sobald ich die Wohnungstür geöffnet hatte, hörte ich aufgeregte Stimmen aus der Küche.

»Was ist denn hier los?«, wollte ich von Netti wissen, die meiner Tochter gerade ein Glas Wasser hinhielt. Annalotta brach sofort in Tränen aus. »Ich glaube, ich bin schwanger, Mama«, schluchzte sie und sah mich hilflos an.

»Jetzt haben wir den Salat«, schimpfte Netti und knallte das Wasserglas auf den Küchentisch. »Ich habe echt noch keine Lust, Urgroßmutter zu werden. Das klingt uralt.«

»Großmutter aber auch«, hauchte ich und setzte mich hin.

19

Annalottas Mitteilung, der tote Mann in meinem Ohrensessel und überhaupt die ganze Geschichte, in die ich mich freiwillig habe reinziehen lassen, raubte mir in der darauffolgenden Nacht den Schlaf. Meine Tochter hatte ich beruhigen können und sie mit einer Tasse Kamillentee ins Bett gesteckt. Netti hatte ich nach Hause geschickt und ihr empfohlen, ein paar Tropfen von ihrer Baldriantinktur einzunehmen.

Nach einer hastigen Dusche legte ich mich ebenfalls ins Bett, aber an Schlaf war nicht zu denken. Gegen halb vier stand ich wieder auf und bereitete mir eine Tasse warme Milch mit Honig zu. Im Dunklen, in meinem Bademantel gehüllt, saß ich am Küchenfenster und blickte auf die nächtliche Straße. Eine einsame Straßenlaterne erhellte die Szene. Nur schemenhaft nahm ich eine dunkle Gestalt wahr, die eilig auf der gegenüberliegenden Seite entlanglief und an der nächsten Straßenecke von der Dunkelheit verschluckt wurde. Wer um Himmels willen hielt sich um diese Zeit auf der Straße auf? Vielleicht ein verrückter Jogger, der nur um diese Uhrzeit die Muße hatte, seiner Leidenschaft nachzugehen? Aber unheimlich war das schon. Fröstelnd zog ich die Schultern hoch. Emely, du spinnst, rief ich mich zur Ordnung und legte mich wieder ins Bett, wo ich wider Erwarten zügig einschlief.

Schon kurz nach sieben war ich wieder wach und braute mir einen starken Kaffee. Was sollte ich nun im Hinblick auf eine wahrscheinliche Schwangerschaft meiner Tochter unternehmen? Am klügsten wäre es sicherlich, wenn ich einen Schwangerschaftstest besorgen würde. Dann hätten wir zumindest Klarheit.

»Konntest du auch nicht schlafen?« Mit einem unglücklichen Gesicht stand Annalotta in der Tür.

»Nein, nicht wirklich«, gestand ich und raffte meinen Bademantel enger zusammen. Mir war auf einmal kalt. »Setzt dich doch«, bat ich meine Tochter, »es wird sich alles irgendwie regeln. Die Welt geht davon nicht unter. Im Gegenteil, ein Kind ist niemals ein Unglück.«

»Ja, Mama, aber trotzdem …« Sie seufzte tief. »Ich glaube, da kommt Oma.«

»Moin«, rief eine aufgeräumte Netti und setzte sich zu uns. »Also langweilig wird es in unserer Familie nicht.«

»Darauf kann ich gerne verzichten«, maulte Annalotta und trank ihren Tee, den ich ihr hingestellt hatte.

»Hast du denn nicht verhütet?«, wollte Netti wissen. Ich wusste, dass dieser Frau nichts peinlich war.

Meine Tochter zuckte nur mit den Schultern. Entnervt sah Netti an die Decke. »Also, meine Mutter hat immer gesagt, das beste Verhütungsmittel ist ein Apfel.«

»Also Netti, wirklich.« Ich war überhaupt nicht zu Scherzen aufgelegt.

»Oma spinnst du?«

»Doch, das ist schon richtig. Man klemmt sich einen Apfel zwischen die Knie und nimmt ihn erst wieder weg, wenn der junge Mann das Haus wieder verlassen hat.«

Obwohl Annalotta und ich wirklich nicht zu Späßen aufgelegt waren, mussten wir bei dieser Vorstellung unwillkürlich lachen.

»Seht ihr Kinder, geht doch«, schmunzelte meine Schwiegermutter, tätschelte liebevoll Annalottas Arm und rauschte raus.

Plötzlich stand Wilko in der Küche. »Und was macht ihr hier Schönes? War Oma schon da?« Er kratzte sich am Kopf. »Kaffee da?«

»Bediene dich.« Gerne überließ ich es meiner

Tochter, ihrem Bruder von ihrem eventuellen Zustand zu berichten und ging unter die Dusche. Später gab ich ihr zwanzig Euro, damit sie sich in der Apotheke einen Test besorgen konnte.

Die Arbeit würde mich sicherlich ablenken – hoffte ich jedenfalls – und ging nach unten. Selma stand gutgelaunt in der Küche und erzählte mir, dass ihr Mann wieder topfit sei. »Und wer hat die tollen Torten gebacken?«

»Da kommst du nie drauf. Der Kommissar war es«, erzählte ich und erklärte ihr, wie es dazu kam.

»Ein Ex-Polizist hat unsere Torten gebacken?«

»Ja, genauso war es.« Die genauen Hintergründe, die geplante Schnüffelei in der Tanzschule, ließ ich natürlich unerwähnt. Es reichte, wenn Netti von all dem wusste.

Am Nachmittag tagten die Teeschwestern wieder. Sie orderten Torte und Tee und ließen sich ausgiebig über die frischgebackenen Köstlichkeiten aus. »Emely, bleib doch einen Moment hier«, bat mich Tabea und senkte ihre Stimme. »Jemand hier im Ort hat erzählt, die Polizei hätte den Täter geschnappt.« Dabei deutete sie mit einer Kopfbewegung zum Ohrensessel am Fenster.

»Ich weiß davon nichts«, entgegnete ich wahrheitsgemäß. Franziska verzog den Mund. »Da hat sicherlich jemand einen Krimi zu viel geguckt. Aber es gibt doch sicherlich noch andere Neuigkeiten bei euch?«

»Ja, was soll schon passiert sein? Jeder Tag ist so wie der andere«, stellte Franziska fest. »Ja doch ... warte mal ... Ich hatte die Adresse einer neuen Kosmetikerin von meiner Nachbarin bekommen. Gestern war ich da, aber da kann ich nicht mehr hingehen.« Sie rümpfte angeekelt die Nase. »Die hat so nach Knoblauch gerochen, dass wahrscheinlich jeder Vampir Reißaus genommen hätte.«

»Das mit den Vampiren ist auch so ein Gerücht«, meinte Netti, »sowas gibt es gar nicht.«

»Ich wäre mir da nicht so sicher«, zweifelte Franziska. »So ist das auch mit dem Aberglauben, da steckt immer ein Körnchen Wahrheit drin.«

»Was für ein Quatsch«, funkte Netti dazwischen, »das ist doch alles nur Blödsinn.«

»Also meine Schwiegermutter hat immer gesagt«, führte Franziska weiter aus, »man dürfe zwischen Weihnachten und Neujahr keine Wäsche waschen, das bringe nur Unglück ins Haus.«

Netti hob empört die Augenbrauen. »Das ist genauso ein Quatsch, wie die schwarze Katze von rechts.«

»Und das sagst ausgerechnet du, die für jede

Lebenslage einen Spruch auf Lager hat?«, zischte Tabea, »das ist doch genau das Gleiche wie Aberglaube.«

Empört schüttelte Netti den Kopf. »Diese Lebensweisheiten haben immer einen realen Ursprung, Aberglaube ist Hokuspokus.« Sie sah mich an. »Emely, du kennst doch noch Taline Poppinga, die Frau von dem ollen Strandkorbvermieter?«

»Ja, ganz dunkel kann ich mich an die erinnern.«

»Ja, und genau die hatte eine Schwester, die mit so einem großkotzigen Bonzen aus Berlin verheiratet war.« Netti rümpfte die Nase. »Die hat die Leute noch nicht mal mit dem Hintern angeguckt, nix war ihr fein genug und mit normalen Leuten hat die sich gar nicht erst abgeben.«

»Und was ist dann passiert?«, flüsterte Tabea und hing wie gebannt an Nettis Lippen.

»Tja, die Firma des Mannes ging pleite und sie und ihr Gatte flogen aus der Villa. Später haben sie in einem Schrebergarten am Stadtrand von Berlin gewohnt.« Triumphierend sah Netti in die Runde. »Und jetzt sagt mir bitte, was an der Lebensweisheit Hochmut kommt vor dem Fall verkehrt sein soll?«

»So gesehen«, stotterte Franziska, »hast du recht.«

Annalotta stand in der Tür, die zum Treppenhaus führte und strahlte mich an. Heftig winkte sie mir zu.

»Ich muss wieder«, informierte ich die Teeschwestern, die längst dabei waren, alle möglichen Lebensweisheiten auf ihren Wahrheitsgehalt zu überprüfen.

»Mama, Fehlalarm«, flüsterte meine Tochter mir zu und warf sich in meine Arme. Erleichterung machte sich in mir breit, aber auch ein wenig Enttäuschung.

20

Am nächsten Vormittag schickte mir Bertus eine Textnachricht, dass er die ganze Zeit über die Hintergründe der Morde gegrübelt hätte und dass er am Nachmittag kurz reinschauen wollte. Also noch jemand, der nicht schlafen konnte.

Das passte ja. Ich hoffte, wenn ich mich laut denkend mit Bertus austauschen würde, könnte ich eventuell etwas klarer auf diese mysteriöse Geschichte blicken.

Selma hatte einen Friesenstrudel gebacken. »Es ist zwar Sommer, aber ich bin neugierig, wie es den Gästen schmeckt.«

»Vielleicht regnet es ja heute Mittag und dann passt das wieder«, unkte ich und war ebenso neugierig, wie Selmas Kreation ankam.

Harm und Sigurd kamen gegen Mittag und setzten sich an ihren angestammten Platz. Unaufgefordert brachte ich ihnen Kaffee. »Deine roten Haare sind ja weg!« Ich deutete auf Sigurds blonde Strähnchen.

»Ja, ist besser so«, grinste er, »die ewige Stichelei der Kollegen, ich könnte jetzt als Feuermelder arbeiten, ging mir doch auf den Geist.«

»Und, was gibt es sonst so Neues im Ort?«, wollte ich von den Herren wissen.

»Nix, alles wie gehabt«, nuschelte Harm.

»Und wegen meinem toten Gast … ihr wisst schon.«

»Da müssen wir dich leider enttäuschen, da wir auch so etwas wie eine Schweigepflicht haben«, teilte mir Sigurd mit wichtiger Miene mit. »Und auch die Kollegen in Wittmund sind nicht so freizügig mit ihren Aussagen.«

Er kann es eben nicht lassen, den Klugscheißer zu spielen, dachte ich. Aber ich würde schon herausbekommen, wie das alles so kommen konnte.

»Hier«, sagte Harm und reichte mir einen weißen Umschlag. »Der hing hinter deinen Scheibenwischern am Bulli. Ich habe ihn mal sichergestellt, nicht dass noch etwas wegkommt.«

»Könnte ja wichtig sein«, ergänzte Sigurd mit bedeutsamer Miene.

Unschlüssig betrachtete ich den Umschlag. Wer sollte mir denn auf diesem Wege etwas zukommen lassen? Normalerweise ging das über die normale Postzustellung oder per Mail.

Leevke tippte mir auf die Schulter. »Emely, kannst du mal kommen?« Sie lotste mich hinter den Tresen. »Meine Freundin ist da, sie fragt, ob sie nicht ein paar Bilder hier aufhängen kann? Anstelle der Drucke, die jetzt hier deine Wände zieren.«

»Auch das noch«, stöhnte ich.

»Ich dachte, du wolltest das gerne«, sagte Leevke leicht angesäuert, »ich kann sie aber auch wieder wegschicken.«

»Nee, ist schon gut. Wo ist sie denn?«

»Hinten am Ostfriesensofa. Sie hat ihre Mappe dabei.«

»Gut«, sagte ich, obwohl mir wirklich andere Dinge im Kopf herumschwirrten. »Ich kann mir das ja mal ansehen.«

»Ingalil Holthusen«, stellte sich die junge Frau vor. »Leevke meinte, ich könnte ruhig mal fragen.«

»Ist schon in Ordnung«, lächelte ich. »Zeigen Sie mal.«

Ingalil öffnete ihre Mappe und präsentierte uns wunderschöne Aquarelle vom Strand in Neuharlingersiel.

»Die Zeichnungen sind wirklich schön«, bewunderte ich die Arbeiten, »es wäre toll, wenn Sie die hier ausstellen würden. Ich glaube, den Gästen würde das gefallen.«

»Und wann? Mein Freund wird mir dabei helfen.«

»Ja … wann?« Mein Kopf brummte wie ein Dieselmotor.

»Kann ich mal einen Vorschlag machen?« Ungeduldig trat Leevke von einem Bein auf das andere. »Teelse kommt doch heute Abend nach Geschäftsschluss zum Saubermachen, da könnte doch Ingalil die Bilder aufhängen.«

»Ja, eine gute Idee«, stimmte ich zu. Der Umschlag, den ich immer noch in der Hand hielt, fiel zu Boden. Leevke bückte sich blitzschnell und hob ihn auf. »Ist vielleicht wichtig.«

»Keine Ahnung«, murmelte ich und zog aus dem unverschlossenen Umschlag ein Blatt Papier und faltete es hastig auseinander. Ein plötzlich aufgetauchter Kloß in meinem Hals hinderte mich am Schlucken und wurde sekündlich größer, mein Hals immer enger.
Wortlos wandte ich mich ab, lief ins Treppenhaus und suchte in meinem Telefon Bertus Nummer raus.

»Können wir uns sehen?«, flehte ich, als er sich meldete. »Aber nicht hier. Ich muss hier weg … Luft, ich brauche viel Luft … nur raus hier.«

Bertus nannte mir einen Ort, an dem er auf mich warten würde.

***

Nervös holte ich mein Fahrrad aus der Garage und fuhr mit zitternden Knien zum Strand. Mir war schlecht und in meinen Ohren war so ein seltsamer Ton. Es war ein wundervoller Sommertag und ich begegnete nur lachenden, gutgelaunten Menschen, die die schönsten Wochen im Jahr offensichtlich in vollen Zügen genossen. Mir war nach allem, nur nicht nach Lachen zumute.

Umständlich stellte ich mein Fahrrad ab und sah mich suchend um. Bertus saß auf einer Bank direkt am Ufer und winkte mir zu.

Atemlos ließ ich mich neben ihn fallen. Nur langsam beruhigte ich mich. »Moment …«, schnaufte ich, »ich muss erst mal …«

Der ehemalige Kommissar rutschte auf der Sitzfläche nach vorne und schnippte ungeduldig mit den Fingern. »Emely, mach es nicht so spannend.«

Unbeholfen zog ich den zerknitterten Umschlag aus der Tasche und reichte ihn Bertus. »Das hat jemand hinter meine Scheibenwischer gesteckt.«

»Was ist das?« Mit spitzen Fingern zog er das Blatt heraus, faltete es vorsichtig auseinander und starrte sekundenlang darauf, ohne sich zu rühren.

»Bertus?«

»Die Handschrift hat jemand extra verstellt. Das sieht man an dem unruhigen Schriftbild. Und der Text … Hören Sie auf, überall herumzufragen, sonst … hört sich aber doch ziemlich höflich an, oder?«

»Höflich?«, monierte ich und lachte sarkastisch auf, »das ist eine Unverschämtheit, mich so in Angst und Schrecken zu versetzen.« Mir war plötzlich sehr heiß, obwohl ein ordentlicher Seewind wehte. »Wieso macht sich jemand die Mühe, so ein Schreiben aufzusetzen und mir auf diese ungewöhnliche Weise zukommen zu lassen?«

»Wahrscheinlich hast du zu viel herumgefragt und dem Briefschreiber ist das gar nicht recht.« Bedächtig wiegte er den Kopf hin und her. »Das ist das untrügliche Zeichen, dass jemand befürchtet, du würdest hinter die Wahrheit kommen.« Er faltete den Brief wieder zusammen und verwahrte ihn in seiner Brieftasche. »Ich werde ihn meinem Kollegen zukommen lassen. Vielleicht sind ja ein paar Fingerabdrücke drauf.«

»Meine auf alle Fälle«, murmelte ich. »Ich habe ja nicht gewusst, was sich dahinter verbirgt, sonst hätte ich Handschuhe angezogen.«

»Warte mal.« Bertus nahm ein Päckchen Papiertaschentücher aus seiner Hosentasche. »Das ist sogar noch zu. Umso besser«, freute er sich und wischte mit seinem Hemdsärmel ein paarmal über das gesamte Päckchen. »So jetzt fasst du es an. Am besten mit der ganzen Hand.«

Zögernd nahm ich es entgegen. »Und was soll das?«

»Deine Fingerabdrücke auf der Verpackung dienen als Vergleichsabdruck. Sonst wüsste das Labor ja nicht, welche Fingerabdrücke auf dem Papier von dir sind.«

»Ist ja logisch.« Endlich war der Groschen gefallen. Ich schob das Päckchen mit den Taschentüchern, nachdem ich sie ordentlich befingert hatte, auf Bertus' Anweisung in die kleine Plastiktüte, die er mir hinhielt.

»Hab ich immer dabei«, klärte er mich auf, »alte Gewohnheit.«

»Und jetzt?« Mir ging es langsam besser, jetzt da Bertus davon wusste. »Wer kann das gewesen sein?«

»Irgendjemand aus dem Umfeld von Anton van Hoorn oder dessen Ehefrau. Ich hatte es dir ja schon angedeutet, die Alibis der Beteiligten sind alle nicht so wasserfest. Ferdinand van Hoorn war am Todestag seines Bruders auf Kundenbesuch, aber der Kunde ist seit Tagen nicht erreichbar. Am Nachmittag, als Frau Lorenz starb, war er angeblich auf der Autobahn unterwegs, seine Schwester hatte sich nach ihrer Aussage jeweils in ihrem Geschäft aufgehalten. Sie konnte aber keine Kundin benennen, die das bestätigen konnte.« Er dachte einen Moment nach. »In Bezug auf Anton van Hoorn ist es besonders schwierig, den Tatzeitpunkt zu ermitteln, da niemand genau weiß, wie viele Stunden vorher er das Gift zu sich genommen hat.«

»Ja, das ist in der Tat nicht einfach«, entgegnete ich, »und die Exfrau von Anton? Hat sie ein Alibi?«

»Die lebt inzwischen in Kanada und war nachweislich nicht hier in Deutschland.«

»Und Ukena? Ich meine, den hat van Hoorn ja ganz schön gelinkt.«

Bertus verzog den Mund. »Das wusste mein Kollege nicht. Er ist nicht direkt in dem Fall eingebunden, von daher leider …«

Das war ja nicht gerade viel. »Verdächtigt die Polizei jemanden Bestimmtes?«

Bertus schüttelte den Kopf. »Mein Kollege ist in der Beziehung zurückhaltend. Das mit dem Brief«, er klopfte auf seine Brusttasche, »wird vielleicht etwas Licht in die Sache bringen.«

Jetzt waren wir so schlau wie vorher, überlegte ich, viele hatten ein Motiv und augenscheinlich auch die Gelegenheit, die Taten zu begehen. »Da ist aber noch etwas. Vorgestern Nacht ist jemand um unser Haus herumgeschlichen. Also eigentlich an der Straße entlanggelaufen, aber ich fand das komisch. Es war mitten in der Nacht und die Person war dunkel gekleidet.«

»Mmh …«, brummte Bertus nachdenklich, »aber den Brief habt ihr heute erst gefunden?«

»Ja, Harm hat ihn entdeckt und mir dann gegeben.«

»Die Person auf der Straße … war es ein Mann oder eine Frau?«, wollte er wissen.

Mit geschlossenen Augen versuchte ich, mir die nächtliche Szene zurückzuholen. »Nein, das kann ich nicht sagen. Es war einfach ein Mensch in der Nacht.«

»Nun gut«, sagte Bertus, lehnte den Kopf etwas zurück und schloss die Augen. Eine Weile beobachtete ich die Gäste, die es sich mit Sack und Pack in den Strandkörben gemütlich machten. Es wurde gelacht und gerufen. Manche staksten nahe des Ufers im Watt herum und quietschten vor Vergnügen, wenn der Schlick wie Pudding zwischen den Zehen hervorquoll.

»Sag mal«, unterbrach Bertus meine Beobachtungen, »wie hieß die Frau, die Anton van Hoorn an seinem Todestag ins Café Kluntje begleitet hat?«

»Meta Johannson. Warum fragst du?«

Entspannt streckte er die Beine von sich. »Ich denke, wir sollten sie noch einmal aufsuchen.«

21

Unruhig wälzte ich mich in meinem Bett hin und her. Auch eine lauwarme Dusche brachte mir nicht den ersehnten Schlaf. Wer um alles in der Welt fühlte sich von mir so bedrängt, dass er sich genötigt sah, mir solch einen Brief zu schreiben? Ich musste mir eingestehen, dass ich ganz schön Schiss hatte. Hoffentlich konnte ich mich zusammennehmen, damit meine Familie davon nichts mitbekam.

Zum wiederholten Male sah ich auf die Uhr. Es war kurz vor eins. »Es nützt ja alles nix«, murmelte ich leise und sprang aus dem Bett. Im Bademantel lief ich einen Stock tiefer in die Küche des Cafés. Routiniert stellte ich mir die Backschüssel samt Rührgerät parat und holte mir alle erforderlichen Zutaten aus der Vorratskammer. Ein Rezept für die Schokoladentorte brauchte ich nicht, denn ich kannte es in- und auswendig. Meine Oma hat das Rezept meiner Mutter weitergegeben und diese mir.

Auf dem Herd schmolz ich die Blockschokolade, vermischte das Ganze mit Butter und holländischem Kakao. Während ich die Zutaten verrührte, dachte ich an die Zeit nach Geros Tod. Auch da hatte ich mir manche dunkle Stunde mit dem Backen eines Kuchens etwas aufgehellt.

Gegen halb zwei schob ich den Kuchen in den Ofen und setzte mich mit einer Tasse heißer Milch an den Tisch. Schon meine Mutter hatte mir auf den Weg mitgegeben, dass Schokolade Kummer und Sorgen vertreiben würde. Neulich hatte ich das sogar irgendwo mal gelesen, dass im Kakao irgendetwas drin wäre, das die Gemütslage der Menschen positiv stimmte. Ich fasste an meine gut gepolsterten Hüften und nahm mir vor, nicht allzu oft zu dieser Medikation zu greifen.

Die Küchenuhr riss mich aus einem Dämmerschlaf. Stolz stellte ich den Kuchen mitten auf den Tisch und löste vorsichtig die Backform. Aus Sahne und Schokolade zauberte ich noch einen Guss und vervollständigte damit mein Werk. Selma würde morgen früh Bauklötze staunen.

Müde von meinem Tun fiel ich todmüde ins Bett, wo mich Annalotta am nächsten Morgen unsanft weckte,

»Du hast verpennt, Mama«, rief sie und zog an meiner Bettdecke. »Das kenne ich gar nicht von dir.«

»Ach du liebes Lottchen.« Es war fast acht Uhr. Nach einer hastigen Tasse Kaffee ging ich nach unten und traf Selma kopfschüttelnd vor meiner Schokoladentorte an. »Wer war das?«

»Ich, aber es war nur, weil ich nicht schlafen konnte.« Mit einem großen Messer schnitt ich zwei Stücke ab und reichte eines davon Selma.

»Alle Achtung, Emely«, nickte unsere weltbeste Kuchenbäckerin. Auf dieses Lob konnte ich mir ganz schön etwas einbilden.

Später im Büro suchte ich Meta Johannsons Telefonnummer heraus und vereinbarte mit ihr einen Termin für den Abend. Schonend bereitete ich sie darauf vor, dass ich nicht alleine aufkreuzen würde.

Am Nachmittag tagten wieder die Teeschwestern. Zur Überraschung aller war auch die damals ausgeschiedene Hedwig Forstmann erschienen.

»Mir geht es wieder besser«, schniefte sie, »ich habe euch so vermisst.«

Dies alles beobachtete ich aus der Entfernung und war froh, dass Hedwigs Erscheinen die Damen von dem Thema Der tote Mann in Emelys Sessel ablenkte. Mit Freude servierte ich den Freundinnen Tee und Torte und auf Anordnung von Franziska für jede der Damen zur Feier des Tages ein Glas Sekt.

»Das muss begossen werden«, freute sich Tabea. Die nächsten beiden Stunden, so entnahm ich den Gesprächsfetzen, berichtete Hedwig haarklein über die Zeit ihres Krankenlagers und der anschließenden, von Unwohlsein geplagten Genesung.

»Mama, ist dir nix aufgefallen?« Mit abwartendem Gesicht stand meine Tochter plötzlich neben mir.

»Was ist denn los?«

»Guck dich doch mal um«, forderte sie mich auf.

»Ach, die Bilder von Leevkes Freundin hängen ja schon.« Das bemerkte ich erst jetzt. »Das sieht gut aus.« Zufrieden stellte ich fest, dass die Zeichnungen gut ins Café Kluntje passten.

»Sag mal Mama, können wir nicht so eine Ausstellungseröffnung machen? So mit Sckt und dem ganzen Kram. Ingalils Bruder spielt Gitarre. Wir könnten doch ein paar Leute einladen?«

Verdutzt sah ich Annalotta an. Ja, sie hatte recht. Stammgäste und Bekannte wären sicherlich begeistert. »Eine gute Idee«, lobte ich sie. »Hast du nicht Lust, das zu organisieren?«

»Ich? Meinst du echt jetzt?«

»Ja, warum nicht? Es war deine Idee und dann solltest du das auch so machen, wie du es dir vorstellst.« Erstens hatte meine Tochter wirklich ein Händchen für solche Dinge und zweitens stand mir wirklich nicht der Kopf danach.

»Okay.« Sie nahm einen Block. »Wir brauchen Sekt und Orangensaft, Knabbereien … ja, und dann muss ich noch ein paar Leute einladen. Das mache ich am besten telefonisch oder per Textnachricht. Morgen Abend um neunzehn Uhr? Ist doch in Ordnung?«

Ich nickte zustimmend. Sie kritzelte etwas auf den Block. »Ach ja, Ingalil und ihrem Bruder sage ich auch noch Bescheid.« Ohne mich eines weiteren Blickes zu würdigen, rauschte sie heraus.

Der Tag verging wie im Flug. Zu verabredeten Zeit holte ich Bertus ab und wir fuhren zusammen zu Frau Johannson nach Esens, die uns schon erwartete. Mit einem reservierten Lächeln begrüßte sie uns an der Wohnungstür und bat uns herein.

Mit Tippelschritten, etwas anderes ließ ihr enger Rock ja nicht zu, lief sie ins Wohnzimmer. »Bitte nehmen Sie doch Platz.« Sie selbst setzte sich auf einen Stuhl, die Beine akkurat leicht schräg nebeneinander hingestellt.

»Vielleicht kurz zur Erklärung«, begann ich, »Herr Freese und ich befassen uns immer noch mit dem Tod Ihres ehemaligen Lebensgefährten.«

»Ist die Sache nicht schon längst aufgeklärt?« Sie

wirkte erstaunt. »Ich war verreist und dachte deshalb …«

»Nein, es wird noch ermittelt«, antwortete Bertus, »Nachdem auch die Ehefrau von Herrn van Hoorn ermordet wurde, haben wir noch größeres Interesse an der Aufklärung.«

Frau Johansson sah auf ihre Knie. Mir war nicht entgangen, dass sie bei dem Wort Ehefrau zusammengezuckt war.

»Frau Johannson, wussten Sie von der Eheschließung Ihres ehemaligen Lebensgefährten?«

Sie nickte, wenn auch sehr zögerlich. »Ja, ich habe davon gewusst. Anton hat mir eine Vermählungsanzeige zukommen lassen.«

»Das hat Sie sicher sehr getroffen«, hakte ich nach. »Immerhin waren Sie seine langjährige Lebensgefährtin und hatten vielleicht selbst auf einen Heiratsantrag gehofft?« Das war ein Schuss ins Blaue. An der aufkommenden Röte in ihrem Gesicht konnte ich erkennen, dass ich ins Schwarze getroffen hatte.

»Ja, und ich muss zugeben, dass ich sehr gekränkt war, als ich davon erfuhr.« Sie schlug die Beine übereinander. »Schließlich waren Anton und ich lange Zeit sehr eng. Und wenn das mit dem Geld nicht gewesen wäre, wer weiß?«

Bertus räusperte sich hörbar. »Was mich interessieren würde, hat Herr van Hoorn, als Sie ihn am besagten Nachmittag im Café Kluntje getroffen haben, erwähnt, wo er sich an diesem Morgen oder am Vormittag aufgehalten hat?«

»Nein, das hat er nicht. Wir haben uns nur über das Geld unterhalten. Als er dann um einen neuen Kredit bat, bin ich gegangen. Ich habe in diesem Moment gewusst, dass ich niemals mein geliehenes Geld von ihm zurückbekommen werde.«

»Kannten Sie seine Frau?«, wollte ich von ihr wissen.

»Nein, nur dem Namen nach und dass sie eine Tangotanzschule hatte.« Sie hob den Kopf. »Darauf ist Anton ja total abgefahren, auf Tango meine ich.«

»Sie haben mir bei meinem letzten Besuch erzählt, dass Sie Herrn van Hoorn in einem Datingportal im Internet kennengelernt haben«, fragte ich weiter. »Außerdem erzählten Sie, dass er auch später dort noch ein aktives Profil auf dieser Webseite hatte.«

»Ja, das stimmt.«

»Sie erinnern sich bestimmt noch an den Namen der Webseite.«

»Warten Sie bitte.« Sie stand auf, tippelte zu ihrem Schreibtisch und nahm etwas aus einem Kästchen.

Sie überreichte mir einen Zettel mit der Adresse einer Webseite. Hope and Love las ich. Wenn mich nicht alles täuschte, war dies das gleiche Portal, auf dem Elaine einst ihr Liebesglück gesucht hatte.

»Ja, dann wollen wir Sie mal nicht länger stören.« Meiner Meinung nach würden wir hier nichts Relevantes mehr erfahren. Da auch Bertus nichts mehr sagte, bat ich ihn, mich aus den Tiefen des Sessels zu ziehen.

»Hast du mehr erwartet?«, fragte ich ihn später, als wir auf dem Heimweg waren. Er war mit seinem Smartphone beschäftigt. »Nein, eigentlich nicht. Aber nach meiner Erfahrung ist die Person, die einen Menschen vor dessen gewaltsamen Tod als letzter gesehen oder gesprochen hat, immer mit besonderem Augenmerk zu bctrachten. Aber in diesem Fall hat es nicht vicl gebracht.«

»Obwohl Frau Johannson ein starkes Motiv hat«, entgegnete ich, »du kannst dir ja nicht vorstellen, wie eifersüchtig Frauen werden können.« Ich erinnerte mich an die Narbe auf der Stirn des Toten. Vielleicht war eine ihm zufliegende Bratpfanne die Ursache dafür gewesen. »Was machst du denn die ganze Zeit mit deinem Telefon?«

»Kurt, mein ehemaliger Kollege, du weißt schon, er hat versucht, mich zu erreichen.« Mit unbeholfenen

Bewegungen versuchte Bertus sein Telefon zu bedienen. »Ich will ihn gerade zurückrufen, aber das Mistding … Ah, jetzt.« Er hielt sein Smartphone an sein Ohr.

»Moin Kurt, du hattest versucht …«, sagte Bertus, als sich der Gesprächsteilnehmer meldete. Mehrmals nickend lauschte er den Worten aus dem Telefon. »Danke Kurt.« Bedächtig legte er auf.

»Und?«

»Auf deinem Brief sind keine weiteren Fingerabdrücke, nur deine.«

»Dann hat der Briefeschreiber Handschuhe angehabt.« Ein wenig war ich schon enttäuscht.

»Ich habe es mir fast gedacht«, sagte Bertus. »Noch etwas, heute Morgen hat man den Pokal, mit der Wibke Lorenz erschlagen wurde, im Gebüsch unweit des Bauernhauses gefunden. Auch darauf keinerlei keine Fingerabdrücke, allenfalls nur Fragmente, um die sich die Kollegen jetzt intensiv kümmern. Man fand Blutspuren des Opfers an dem Pokal. Jemand hat sich sehr viel Mühe gegeben, alle Spuren zu vernichten.«

»Die ganze Schnüffelei hätte ich mir sparen können«, meckerte ich und war niedergeschmettert. Was hatte mir das alles eingebracht? Nur Frust und Ärger. Jemand war so sauer auf mich, dass er mir eine

Warnung zukommen ließ.

Ich hielt vor Bertus‘ Haus. »Ich glaube, wir sollten uns schöneren Dingen zuwenden«, seufzte ich, »morgen Abend um neunzehn Uhr findet eine Ausstellungseröffnung im Café Kluntje statt. Ich würde mich freuen, wenn du kommst.«

»Gerne«, lächelte er, »dann bis morgen.«

In dieser Nacht schlief ich tief und fest. Das lag bestimmt an den drei Sanddornlikören, die ich mir im Abstand von je zehn Minuten gegönnt hatte.

22

Nachdem ich mich am nächsten Morgen vergewissert hatte, dass Leevke und Selma alles im Griff hatten, machte ich mich auf dem Weg zu Elaine. Zerzaust und ungeschminkt öffnete sie mir die Tür. »Moin? Was is?« Sie gähnte ausgiebig.

Meine Bedenken, sie könne männlichen Besuch haben, verflog bei ihrem verpennten Anblick sofort. »Ich muss was recherchieren und ich habe aber dafür keinen Namen, Erkennungszeichen oder sowas.«

»Was für einen Namen?«

»Die Webseite, auf der du auch nach einem Partner gesucht hast. Da müsste ich mal was nachsehen, aber ich bin da ja nicht angemeldet. Es geht um den Mann, der bei uns drüben das Zeitliche gesegnet hat.«

Sie sah mich fassungslos an. Es dauerte eine Weile, bis sie begriff, dass sie auf der Webseite von Hope and Love unter ihrem Account nach Anton van Hoorn suchen sollte.

»Das wird dir aber nix bringen«, teilte sie unter wiederholten Gähnanfällen mit, als wir vor ihrem Laptop saßen. »Ich kann zwar alle Profile aufrufen, aber die verwenden ja nicht ihren wahren Namen.«

»Wie soll ich das verstehen`?«

»Bei mir zum Beispiel steht nicht Elaine Vogt-Holland, sondern …« Sie wurde rot.

»Und was steht jetzt bei dir?«, fragte ich ungeduldig nach.

»Scharfe Biene 007.«

»Echt jetzt?« So sehr ich mich auch bemühte, es nutzte nichts, ich lachte lauthals los.

»Hab ich doch gewusst, dass du das nicht ernst nimmst.«

»Doch doch«, beeilte ich mich zu sagen. »Ist schon in Ordnung. Ich war nur so überrascht.«

Elaine zeigte auf den Bildschirm. »Wie du siehst, haben alle irgendwelche Nicknamen. Und die Fotos … na ja … das wissen wir ja jetzt, dass das alles nicht so der Wirklichkeit entspricht. Man kann also nicht mit Bestimmtheit sagen, wer dahintersteckt.«

»Dann hat es gar keinen Zweck, nach einem bestimmten Mann zu suchen?«

Sie schüttelte den Kopf. »Bei den vielen Profilen? Es sei denn, du wüsstest, wie er sich hier auf der

Seite nennt. Ansonsten ist es unmöglich. Was wolltest du denn über den Mann wissen?«

»Ich dachte, dass man eventuell sehen kann, wer ihn kontaktiert hat?«

»Da kann ich dir leider nicht helfen.«

»Na gut«, sagte ich und war sehr enttäuscht. »Wir sehen uns ja heute Abend. Annalotta hat dir bestimmt Bescheid gesagt?«

»Klar«, flötete Elaine, jetzt quietschfidel. »Das lasse ich mir doch nicht entgehen.« Sie klappte ihren Laptop mit Schwung zu. »Übrigens, nächste Woche verreise ich, also keine richtige Reise. Ich werde eine Woche in einem Kloster verbringen. Zur inneren Einkehr«, trällerte sie und rollte mit den Augen, »so steht es jedenfalls in dem Flyer.«

Den Wunsch nach innerer Einkehr nahm ich ihr nicht ganz ab. Elaine würde sicherlich auch an diesem ungewöhnlichen Ort Ausschau nach einem geeigneten Lebenspartner halten, und wenn es der Koch aus der Klosterküche war.

»Die Ruhe wird dir guttun«, bemerkte ich sarkastisch, »bis heute Abend.«

Annalotta hatte sich wirklich alle Mühe gegeben und mithilfe von Selma ein kleines Buffet mit Sekt, Saft und Knabbereien aufgebaut. »Das habt ihr wirklich toll gemacht.«

»Ich habe jede Menge Leute eingeladen«, strahlte meine Tochter, »du wirst staunen.«

»Da bin ich aber gespannt. Ich geh noch mal kurz ins Büro und dann …«

»Und dann machst du dich schick«, befahl sie mir und ihr Blick duldete keine Widerrede.

Leichter gesagt, als getan, grübelte ich ein paar Stunden später, als ich unschlüssig vor meinem Kleiderschrank stand. Ich besaß fast nur praktische Kleidung: Jeans, Blusen und Sweatshirts. Aber für eine Ausstellungseröffnung besaß ich rein gar nichts. Der schwarze Rock, den ich bei der Beerdigung getragen hatte, war mir definitiv zu eng. Keinesfalls wollte ich riskieren, dass eine Sicherheitsnadel wieder den Geist aufgab.

Zu meiner Überraschung fand ich in meinem Bettkasten eine bunte Bluse, die ich mir anlässlich einer offiziellen Feier im örtlichen Sportverein gekauft hatte. Nichts Gutes ahnend, streifte ich sie über und zu meiner Verwunderung ließen sich alle Knöpfe, wenn auch knapp, schließen. Wenn ich jetzt ganz flach atmen würde, überlegte ich, könnte das gehen. Zur Sicherheit schlang ich einen dünnen weißen Schal lässig um meine Schultern, zog meine schwarzen Jeans an und war mit mir zufrieden.

Obwohl es erst kurz nach sechs Uhr war, war das Café Kluntje bereits voller Menschen. Die Teeschwestern waren vollzählig versammelt, einschließlich Hedwig. Tabea und Franziska trugen einen Hut, hielten sich an einem Sektglas fest und betrachteten voller Ehrfurcht die Bilder der jungen Künstlerin. Harm kam im Holzfällerhemd und Sigurd trug einen enggeschnittenen Nadelstreifen-Anzug.

»Das nenne ich mal einen durchgestylten Ordnungshüter«, bemerkte Netti mit einem süffisanten Lächeln, als sie Sigurd unverhohlen musterte.

»Kannst du nicht leiser reden«, zischte Horst, der neben uns stand und seine Frau böse ansah.

»Papperlapapp.« Netti hob den Kopf. »Man wird ja wohl noch laut sagen dürfen, wenn ein Mensch, dem man begegnet, nett aussieht.« Sie sah mich an. »Dieser junge Mann hat sich total in Schale geworfen und mir gefällt das. Du kennst das ja, Kleider machen Leute.«

»Ja, das ist richtig schick«, gab ich zu und wünschte mir, ich hätte so eine schmale Taille wie der schöne Sigi.

Besorgt sah meine Schwiegermutter auf meinen Oberkörper. »Emely, du atmest so komisch? Hast du was?«

»Die Bluse«, klärte ich sie auf, »die ist so eng, dass ich Angst habe, sie platzt, wenn ich tief ein- und ausatme. Das ist sehr anstrengend.«
Netti grinste. »Wer schön sein will, muss leiden. Ein ganz altes Sprichwort.«

»Das hilft mir jetzt auch nichts mehr«, nuschelte ich und eilte auf Bertus zu, der gerade zur Tür hereinkam.
»So viele Leute«, wunderte er sich. »Wenn ich es mir recht überlege, war ich noch nie auf einer Ausstellungseröffnung.«

»Komm, ich mach dich noch mit ein paar Leuten bekannt.« Ich hakte Bertus unter und zog ihn mit mir.
Es war ein schöner Abend, es wurde viel gelacht und von vielen Seiten hörte ich, dass diese Ausstellungseröffnung hoffentlich nicht die letzte war.

Elaine flirtet mit einem Galeristen aus Aurich, der ebenfalls den Weg zu uns gefunden hatte. Er lobte den kreativen Pinselstrich der Künstlerin und bescheinigte ihr eine große Zukunft. Elaine hing gebannt an seinen von einem Vollbart umrandeten Lippen.

Es war fast Mitternacht, als wir die Tür des Cafés hinter dem letzten Gast schlossen. »So, Feierabend ihr Lieben«, rief ich und nahm meine Tochter in den Arm.
»Ich bin stolz auf dich.«

»Ach Mama, das hat so einen Spaß gemacht«,

schwärmte sie. »Ingalil hat sogar zwei Bilder verkauft.«

»Super.«

Müde und zufrieden räumten wir die Gläser und die Teller in die Küche.

»Ich komme morgen etwas früher«, versprach Leevke, »dann mache ich hier Klarschiff.«

»Danke«, sagte ich, »das ist lieb von dir.«

Ich freute mich jetzt auf eine wohltuende Dusche und einen erholsamen Schlaf. Müde schlich ich die Treppe nach oben. In der Wohnung angekommen, stach mir sofort das blinkende Licht des Anrufbeantworters ins Auge. Was Geschäftliches konnte es ja nicht sein, denn das lief alles über das Büro. Neugierig drückte ich den Wiedergabeknopf. Es war Astrid Singer aus Emden. Aufgeregt bat sie mich um einen Rückruf. Sie hätte etwas in ihrem Laden gefunden, was eventuell mit dem Tod ihres Bruders Anton zu tun haben könnte.

Perplex ließ ich mich auf den Hocker fallen. Was war denn da los? Es war halb eins und somit viel zu spät, um zurückzurufen. Was bedeutete dieser alarmierende Anruf?

In was war ich da hineingeraten? Und dann dieser Brief. Musste ich die Drohung ernst nehmen? Besser wäre es ja, analysierte ich die Situation und nahm mir fest vor, bei der nächsten Leiche, die sich in meiner unmittelbaren Nähe befand, sofort das Weite zu suchen. Aufgewühlt ging ich in die Küche und nahm die Flasche mit dem Sanddornlikör aus dem Schrank.

23

Ich stand auf einem Kirchturm, mir war schwindelig. Panisch sah ich mich um, es führte keine Treppe nach unten. Der einzige Weg auf die Erde war, mich einfach fallen zu lassen. Ich trat an den Rand der Kirchturmmauer, breitete die Arme aus und ließ mich fallen. Die Bäume, das Gebüsch, alles kam rasend schnell auf mich zu. Gleich würde ich …

Schreiend fuhr ich hoch und stellte erleichtert fest, dass ich in meinem Bett lag. Um mich herum die vertrauten Kiefernmöbel, die verblichenen Vorhänge und der alte Schaukelstuhl meines Vaters. Zitternd setzte ich mich an den Bettrand und öffnete die Gardinen. Es hatte geregnet.

Nervös fuhr ich mit gespreizten Fingern durch meine Haare. Plötzlich, wie aus heiterem Himmel war er da, der Gedanke, dass ich in all dem Durcheinander etwas Entscheidendes übersehen hatte, aber ich kam beim besten Willen nicht drauf, was es war. War der Traum ein Zeichen gewesen?

Die Kaffeemaschine brodelte bereits, als ich in die Küche kam. Mein Sohn saß am Küchentisch und beschäftigte sich mit seinem Handy. Er sah nur kurz auf, brummte etwas und senkte wieder den Kopf.

»Moin, mein Sohn. Ist deine Schwester schon los?«

Er nickte knapp. »Gerade eben.«

Mit einem Pott Kaffee bewaffnet setzte ich mich ebenfalls hin und schlug die Tageszeitung auf. Man hatte eine Familie auf Spiekeroog aus dem Watt retten müssen, weil sie von der zurückkehrenden Flut überrascht worden waren. Außerdem kündigte die Touristinformation mit einem Bild voller feiernder Menschen das diesjährige Hafenfest an. Manchen Satz musste ich zweimal lesen, ehe ich den Inhalt verstand. Nur schwer konnte ich mich konzentrieren, meine Gedanken waren woanders.

Leevke hatte schon alle Spuren der Ausstellungseröffnung beseitigt, als ich das Café betrat. Selma nahm bereits den ersten Tortenboden aus dem Ofen. »Sag mal Emely, soll ich ein oder zwei Erdbeertorten machen?«

»Mach lieber zwei«, entgegnete ich, »die gehen bestimmt schnell weg.«

Im Büro schloss ich die Tür hinter mir und wählte die Nummer von Frau Singer.

»Ja?«, meldete sie sich.

»Moin, hier ist Emely Petersen. Sie hatten um Rückruf gebeten?«

Sie atmete hörbar erleichtert auf. »Das ist nett, dass Sie zurückrufen. Ich glaube, es wäre angebracht, wenn Sie mich noch einmal aufsuchen könnten.«

Das hörte sich ja spannend an. »Wann würde es Ihnen denn am besten passen?« Nervosität stieg in mir hoch.

»Vielleicht heute, während meiner Mittagspause?«

»Ja, das lässt sich einrichten«, stimmte ich zu.

»Da bin ich aber erleichtert. Bis heute Mittag so gegen ein Uhr.«

Unkonzentriert widmete ich mich meiner Buchhaltung. Mein Sohn hatte mir perfekt alles vorbereitet und die entsprechenden Dateien beschriftet, aber ich war noch nie ein Zahlenmensch. Mir standen Backpulver, Puderzucker und Backformen näher. Ich gab es auf.

»Ich müsste heute Mittag mal kurz nach Emden«, teilte ich Leevke mit. »Ich werde Annalotta bitten, auszuhelfen.«

Leevke schüttelte den Kopf. »Das geht schon klar.

Ich kann gut mal auf meine Mittagspause verzichten.«

»Dafür haust du aber heute Abend früher ab«, ordnete

ich mit einem Lächeln an und strich ihr leicht über ihre roten Wangen.

Frau Singer erwartete mich schon, als ich kurz nach eins bei ihr eintraf. Ihr Gesicht war rot und sie war sichtlich nervös. »Kommen Sie rein Frau Petersen, ich weiß gar nicht, was ich davon halten soll.«

Sie führte mich in ihr Hinterzimmer, nachdem sie ihre Ladentür sorgfältig verschlossen und das Schild Geschlossen zur Straße hingedreht hatte.

»Bitte setzen Sie sich«, bat sie mich und nahm auf ihrem Sofa Platz.

»Was ist denn geschehen?«, wollte ich wissen und war wirklich gespannt, was sie zu bieten hatte.

»Wissen Sie, das ist alles nur gekommen, weil das alte Regal dahinten in der Ecke zusammengebrochen ist.« Frau Singer zeigte auf einen Haufen Bücher und Bretter, die durcheinander auf dem abgetretenen Teppich lagen.

»Du liebe Zeit, wie ist das denn passiert?«

Schwerfällig erhob sie sich. »Das kommt davon, wenn man nur so ollen Mist hier rumstehen hat.« Aus einer Kommodenschublade nahm sie ein kleines schwarzes Notizheft und reichte es mir. »Das war zwischen den Büchern versteckt. Es gehörte Anton. Ich erkenne seine Schrift.«

Als ich das Buch geöffnet hatte, war ich im ersten Moment enttäuscht. Was hatte ich erwartet? Eine Räubergeschichte oder Aufzeichnungen über seine diversen Damenbekanntschaften? Stattdessen sah ich fein säuberlich Listen mit Namen, die allerdings nur aus Anfangsbuchstaben bestanden, daneben Summen, meistens im vierstelligen Bereich, die jeweils als erhalten mit dem genauen Datum abgehakt worden waren.

»Wieso war das zwischen Ihren Büchern versteckt?«, wunderte ich mich.

Frau Singer zuckte mit den Schultern. »Ich nehme an, dass Anton das bei seinem letzten Besuch dort hineingetan hat.« Ein Lächeln umspielte ihren Mund. »Das hat er sich sicher von meiner Mutter abgeguckt, die hat auch alles, was sie vor meinem Vater geheim halten wollte, zwischen den Büchern versteckt. Anton wollte bestimmt sichergehen, dass niemand diese Aufzeichnungen zu Gesicht bekommt.«

»Ja, das nehme ich auch an.« Ich blätterte weiter. »Sicherlich hat niemand vermutet, dass sich hier in Ihrem Hinterzimmer diese für einige Leute sicherlich sehr brisante Aufzeichnungen befinden.«

»Frau Petersen, was ist das? Was sind das für Namen?«

Ich sah mir die Seiten noch einmal an. »Das sieht für mich so aus, als wäre das eine Auflistung von Namen und Zahlungen, die Ihr Bruder von den hier vermerkten Leuten erhalten hat. Er hat leider nur die Anfangsbuchstaben verwendet, sodass ein Ausstehender keine Rückschlüsse auf die Geldgeber ziehen an.«

»Und was heißt das?« Frau Singer war ganz blass geworden.

Auf keinen Fall wollte ich die Frau aufregen, aber ich war mir fast sicher. »Das sieht so aus, als ob Ihr Bruder die Menschen hier in dem Buch und deren Namen wir nicht kennen, mit irgendetwas erpresst hat. Nach der Zahlung des Geldes hat er dies ebenfalls in diesem Notizbuch vermerkt.«

»Ach Gottchen«, flüsterte sie, »das ist ja Erpressung. Was hat Anton da schon wieder angezettelt?« Sie nahm eine kleine Trinkflasche vom Tisch und nahm einen Schluck. »Entschuldigen Sie, das ist nur kalter Tee. Möchten Sie auch …?«

»Nein«, wehrte ich ab. »Das ist schon in Ordnung.« Jemand klopfte heftig an die Ladentür.

»Geschlossen«, brüllte die Ladeninhaberin genervt Richtung Tür. »Steht doch groß dran!« Sie ließ sich zurückfallen. »Was hat dieser Mann nur für einen Charakter gehabt? Ich schäme mich, dass ich so einen

Bruder hatte. Er hat alle Welt betrogen, hat mit seinen Weibergeschichten viel Streit und Unglück heraufbeschworen.« Sie stieß einen verächtlichen Laut aus. »Er kann froh sein, dass er schon tot ist.« Sie sprang auf, schlug mit ihrer flachen Hand auf das Notizbuch, welches ich auf dem Tisch abgelegt hatte. »Es würde mich nicht wundern, wenn eines seiner Opfer hier in dem Buch für seinen Tod verantwortlich ist.« Sie sprach genau das aus, was mir ebenfalls durch den Kopf ging.

»Wissen Sie was«, grummelte Anton van Hoorns Schwester, »ich geh jetzt nach Hause. Für heute bin ich bedient.«

»Werden Sie ihrem Bruder Ferdinand von Ihrem Zufallsfund berichten?«

Einen Moment zögerte sie. »Auch wenn ich mit Ferdinand kein so gutes Verhältnis habe … nein, ich glaube nicht. Ich denke, er hat schon genug am Hals. Was habe ich davon, wenn er sich aufregt? Davon wird es auch nicht besser.« Sie nahm ihre Tasche. »Kommen Sie, ich lasse Sie hinten raus.«

Sie lotste mich durch einen engen Flur und öffnete eine alte Holztür. Wir traten in einen kleinen Hinterhof. Mit zitternden Händen schloss Frau Singer die Tür ab. Zum Abschied hob sie nur kurz die Hand und eilte davon.

Zu Hause angekommen, ging ich sofort ins Büro und rief Bertus an und berichtete ihm, was ich eben erfahren hatte.

»Hast du das Notizbuch mitgenommen?«, wollte er wissen.

»Ja, Frau Singer hat mir es förmlich aufgedrängt.«

»Das ist gut. Ich komme heute gegen Abend vorbei und hole es ab. Wir müssen es meinen ehemaligen Kollegen zukommen lassen. Aber erst, nachdem wir es uns genau angesehen haben.«

Netti kam später ins Büro. »Ach da bist du.« Sie beschwerte sich über Horst, der es gewagt hatte, im Esszimmer seine Fußnägel zu schneiden. »So eine Schweinerei«, schimpfte sie. »Wenn die Dinger ja zu Boden schweben würden, dann … na ja, aber hast du schon mal gesehen, wie ein abgeschnittener Nagel in der Gegend herumhüpft?«

Ich musste lachen. »Soweit ich mich erinnere, hast du dich deshalb schon mal vor ein paar Monaten aufgeregt.«

»Kann sein«, gab sie zu und verzog den Mund.

Ich war froh, dass sie mich von den ganzen Zahlen, die auf dem Bildschirm lauerten, ablenkte. »Ich hatte dir schon damals empfohlen, deinen Mann zur Fußpflege zu schicken, dann hast du die hüpfenden Fußnägel nicht in deinem Esszimmer.«

»Und was ist mit dir?«, wollte sie wissen, ohne auf meine Worte einzugehen. »Du siehst ziemlich mitgenommen aus. Hast mal in den Spiegel geguckt?«

Ich sah beschissen aus, das wusste ich. Netti hatte keine Ahnung von dem Drohbrief und von der Furcht, die mich seitdem plagte.

»Spionierst du immer noch wegen dem Kerl da in der Gegend herum?« Sie machte eine Kopfbewegung zum Gastraum. »Kindchen, dafür gibt es doch die Polizei. Du solltest dich damit nicht befassen.«

Im Grunde genommen hatte sie recht. Was ging mich das an? Auch wenn van Hoorn hier seinen letzten Atemzug gemacht hatte, war das ja nur zufällig genau an diesem Ort geschehen. »Ja, ich kümmere mich einfach nicht mehr drum«, log ich und starrte auf die Zahlenkolonnen auf meinem Laptop.

»Weißt du was?«, unterbrach Netti meine Gedanken. »Am Wochenende ist doch das Hafenfest und erfahrungsgemäß hält sich die Gästeschar im Café Kluntje an diesem Tag in Grenzen.« Sie rutschte freudig auf dem Stuhl hin und her. »Was hältst du davon, wenn wir an diesem Tag einen Ausflug machen, so wie neulich zur Friesenburg.«

»Mit deinen Teeschwestern?«

»Ja, und Selma mit ihrem Mann, Leevke und dein Kommissar. Eben alle, die ins Café Kluntje gehören.«

»Und wohin?« Mir gefiel der Gedanke, einen ganzen Tag mal raus aus der Mühle zu kommen, ausgesprochen gut.

»Ja wohin? Wie wäre es mit einer Insel? Auf Borkum war ich lange schon nicht.« Erwartungsvoll sah sie mich an.

»Wäre nicht schlecht, aber Horst müsste dann auch fahren. Der Bulli hat nur sieben Plätze.«

Netti nickte. »Das kriegen wir hin.« Sie sah auf die Uhr. »Ich muss, die anderen Teeschwestern kommen gleich.«

»Gut, ich muss auch dringend weitermachen«, beteuerte ich. Nachdem Netti gegangen war, sah ich grübelnd aus dem Fenster. Der Gedanke, irgendetwas übersehen zu haben, ließ mich nicht los.

Da ich mir eingestehen musste, dass das mit der Büroarbeit heute nichts mehr werden würde, ging ich ins Café und schickte Leevke nach Hause.

Die Teeschwestern trudelten nacheinander ein und orderten ihre gewohnte Ration an Tee und Torte, sowie einschließend den alkoholischen Stimmungsaufheller Sanddornlikör.

»Emely, das ist eine tolle Idee«, schwärmte Tabea,

als ich den Damen von unseren Plänen berichtete. »Ich war so lange nicht auf Borkum.«

»Zu meiner Schande muss ich gestehen«, sagte Hedwig und kicherte, »ich war noch nie auf der Insel.«

»Siehste«, schmunzelte Netti, »dann wird es Zeit. Ich denke, wir haben alle eine kleine Auszeit verdient.«

Kurz vor Geschäftsschluss kam Bertus. Wir verzogen uns ins Büro. Mit gewohnter Gründlichkeit durchforstete Bertus das Buch. »Ja, du hast recht, es handelt sich augenscheinlich um Erpressung.« Er blätterte weiter. »Meiner Einschätzung nach waren das nur Teilzahlungen, die die Opfer an van Hoorn geleistet haben.«

»Wie kommst du darauf?«

»Die Summen sind ziemlich niedrig. Guck mal hier.« Er hielt mir das Buch hin. »Eintausendfünfhundert von einem A.G., das ist nicht wirklich viel. Entweder ist die Leiche, die A.G. im Keller hat nicht sehr spektakulär, aber dann hätte er dem Erpressungsgesuch von van Hoorn wahrscheinlich nicht nachgegeben. Nach den sich wiederholenden gleichen Initialen kann man davon ausgehen, dass es sich jeweils um die gleiche Person handelt, die eine gewisse Summe an den Erpresser gezahlt hat.«

Erstaunt hob ich die Augenbrauen. »Und was vermutest du?«

»Ich denke eher, dass van Hoorn die Beträge niedrig gehalten hat, um den unfreiwilligen Geldgebern nicht in den Ruin zu treiben. Es war ihm eher an regelmäßigen kleineren Zahlungen gelegen. Denk mal an die Inneneinrichtung seines Hauses. Die war nicht gerade billig. Durch die Erpressungen war sein Nachschub an Geld gesichert.«

»Und die vielen Frauenbekanntschaften«, ergänzte ich, »Er hatte ja nur ein normales Gehalt. Davon hätte er sich das nie leisten können.«

»Ganz genau so schätze ich das ein.« Er steckte das Buch ein. »Ich werde es weitergeben.« Er sah mich fragend an. »Aber irgendetwas beschäftigt dich noch, oder?«

»Ja, stimmt«, musste ich zugeben, »seit Tagen geht mir der Gedanke durch den Kopf, dass ich irgendetwas entscheidendes übersehen habe. Ich habe aber keine Ahnung, was es ist.«

Bertus nickte zustimmend. »So etwas kenne ich. Man nimmt viele Sachverhalte unbewusst auf und speichert das im Gedächtnis ab. Ich habe irgendwo mal gelesen, dass man sich eine lange Bahnstrecke vorstellen soll. Das Unterbewusstsein hat eine Länge von zehn Kilometern, während unser Bewusstsein im Vergleich dazu nur elf Zentimeter lang ist. Jetzt kannst du dir vorstellen, wie viel wir eigentlich wissen, ohne dass wir uns dessen bewusst sind.«

»Du meinst, dass ich etwas registriert habe und jetzt keinen Zugriff auf diese Information in meinem Unterbewusstsein habe?«

Er nickte. »Genau, das meine ich. Es kann sein, dass durch irgendein Ereignis, das können Worte, Gerüche oder Beobachtungen sein, du plötzlich weißt, was dich die ganze Zeit so beschäftigt hat.«

»Ist dir das auch schon mal so passiert? Ich meine, dass du das Gefühl hattest, da ist noch was?«

Er runzelte die Stirn. »Ja, das ist aber schon lange her. Wir hatten mal einen Mordfall. Der Verdächtige stritt vehement ab, einen weiteren mutmaßlichen Täter aus Frankreich zu kennen oder mit ihm in Verbindung zu stehen. Wir konnten es ihm nicht nachweisen, obwohl wir alles durchsucht haben. Es war uns unmöglich, ihm eine Verbindung ins Ausland nachzuweisen.«

»Und wie bist du darauf gekommen, dass er gelogen hatte?«

Bertus grinste. »Das war beim Metzger. Eine Frau, die vor mir an der Reihe war, verlangte zweihundert Gramm Lyoner Wurst. Da hat es bei mir Klick gemacht. Plötzlich wusste ich, was mich die ganze Zeit beschäftigt hat. Wir haben daraufhin die Wohnung des

Verdächtigen noch einmal gründlich durchsucht und zwischen all den Zetteln und Fotos auf einer Pinnwand im Büro eine Postkarte aus Lyon sicherstellen können. Der Komplize hatte ihm eine Ansichtskarte zum Geburtstag geschickt. Obwohl wir gründlich alles begutachtet haben, ist es vorher niemandem aufgefallen. Ich hatte sicherlich die Postkarte mit dem Städtenamen aus Frankreich registriert, aber sofort in mein Unterbewusstsein geschoben.«

»Jetzt verstehe ich, was du meinst. Ich muss eigentlich nur auf eine Frau warten, die Wurst beim Metzger bestellt.«

Er lachte schallend. »Ja, wenn du so willst, ist das richtig.«

Ich seufzte. »Dann will ich mal nicht länger grübeln. Ach warte«, wechselte ich das Thema, »hast du Lust, mit uns für einen Tag nach Borkum zufahren? Abends sind wir wieder zu Hause.«

Bertus bedankte sich mit einem Lächeln für die Einladung, nahm aber Abstand, da ihm auf einer Insel zu viel Wasser drumherum wäre und dies ihn furchtbar nervös machen würde.

24

Drei Tage später bestiegen wir morgens um halb sieben den Bulli. Neben den vier Teeschwestern waren nur noch Horst und Annalotta mit von der Partie. Selma hatte sich entschuldigen lassen, ihr Mann Fridjof müsse an diesem Tag zur Krankengymnastik. Wilko hatte keine Lust, mit den ollen Weibern übers Meer zu schippern. Auch Teelse hatte großzügig auf den Ausflug verzichtet, Sie hätte keine Lust an der Reling zu stehen und wegen des harten zu erwartenden Seegangs die Fische zu füttern. Auch der Hinweis, dass die Nordsee im Sommer im Allgemeinen sehr ruhig wäre, konnte sie nicht umstimmen.
Tabea bestand wieder darauf wegen ihrer Reiseübelkeit vorne zu sitzen. Im Rückspiegel sah ich, wie meine Tochter genervt an die Decke blickte.

Nach einer guten Stunde Fahrt parkten wir auf dem Parkplatz für Tagesgäste am Borkumkai, kauften unsere Fahrkarten und bestiegen die Fähre.

Horst verbrachte die gesamte Überfahrt an Deck, während die Teeschwestern im Bordbisto eine Flasche Sekt erwarben und unter viel Gekicher leerten. Das konnte ja heiter werden, dachte ich und freute mich auf den frischen Seewind am Strand, der mir sicherlich die vielen Gedanken, die mich quälten, aus dem Kopf pusten würde.

Die Borkumer Kleinbahn brachte uns in den Ort.

»Ach, wie schön hier«, rief Netti, »man glaubt gar nicht, dass man auf einer Insel ist.«

Am Nordstrand breitete Netti die Arme aus und sog die würzige Seeluft ein. »Frische Luft und Wind … herrlich.« Sie sah sich nach ihrem Mann um. »Horst, du hättest doch einen Schal mitnehmen müssen.«

»Quatsch, ich bin doch kein Weichei.« Er faltete einen Prospekt des Borkumer Heimatmuseums, den er aus seiner Jackentasche gezogen hatte, auseinander. »Ich sag euch mal was, ich ziehe jetzt alleine los. Wir treffen uns heute Abend pünktlich zur Abfahrt am Bahnhof.«

Ich kannte Horst. Den ganzen Tag mit den schnatternden Frauen verbringen zu müssen, wäre für ihn so etwas wie die Hölle.

Gegen den Wind liefen wir – trotz Franziskas Einwand, ihre Frisur könnte aus den Fugen geraten – über den Strand zum Café Sturmeck, aßen dort zu Mittag und fuhren mit dem Bus wieder zurück.

»Hier hat sich doch einiges verändert«, erzählte Netti, als wir durch die Straßen spazierten. »Früher gab es hier mal ein Hotel … so ein weißer Bau … wie hieß das denn nur?«

Annalotta hakte sich bei ihrer Oma unter. »Und was war mit dem Hotel?«

»Abgebrannt ist es. Ein Gast hatte seine defekte Heizdecke benutzt. Und schon stand alles in Flammen.«

»Wann war das denn?«, fragte Tabea nach.

»Das ist noch gar nicht so lange her. Warte …«, murmelte Netti, »das muss ungefähr zwei Jahre her sein.«

Hedwig schlang ihren Schal fester um ihren Hals. »Es zieht ganz schön.« Sie sah an der Fassade eines alten Inselhauses hoch. »Gestern haben sie in den Nachrichten berichtet, dass es in Hamburg auch einen Hotelbrand gab. Die Feuerwehr hat die Hotelgäste über Leitern nach draußen gebracht.« Sie schmunzelte. »Das Hotel hatte so einen komischen Namen. Honey oder so.« Sie schüttelte entrüstet den Kopf. »Dass die aber auch immer so englische Namen verwenden müssen. Wir sind doch hier in Deutschland.«

Irgendetwas klingelte unvermittelt in meinem Kopf. Honey? Könnte es sich dabei um das Hotel handeln, in dem Anton van Hoorn mit seinen Damen logiert hatte? Aber wieso fand ich das jetzt so seltsam?

Während wir am Nachmittag am Bahnhof auf Horst warteten, bemühte ich mithilfe meines Smartphones Google mit der Suche nach einem Hotel mit dem Namen Honey. Ich fand ein Hotel mit diesem Namen nur in Thailand und in Bayern, aber keines mit diesem Namen in Hamburg. Also handelte es sich sicher um das Hotel Honeymoon, welches van Hoorn oft aufgesucht hat.

Noch sehr gut hatte ich die Bilder an der Treppenwand in van Hoorns Haus in Erinnerung. Hatte ich dort etwas übersehen? Gleich morgen würde ich mich auf den Weg machen, um genau das herauszufinden.

25

Es wurde eine turbulente Rückfahrt, Tabea musste sich mehrfach übergeben, weil wir gezwungen waren, die ganze Überfahrt unter Deck zu verbringen, da der Seewind doch sehr aufgefrischt hatte.
Wortreich schwärmten die Teeschwestern auf der Heimfahrt von diesem gelungenen Ausflug und hofften, dass wir das noch einmal wiederholen würden, Horst hingegen sehnte sich nach seinem Fernsehsessel und den Schnittchen, die ihm Netti jeden Abend hinstellte.

Müde und matt von der Seeluft wälzte ich mich am späten Abend in meinem Bett hin und her. Vor lauter Aufregung konnte ich nicht schlafen, auch nach dem Genuss von zwei Gläschen Sanddornlikör. Was würde ich entdecken?

Am nächsten Vormittag fuhr ich zu dem ehemaligen Haus Anton van Hoorns. Ich hatte die Hoffnung, Frau Lorenz oder den Makler dort anzutreffen, die mir dann sicherlich Zutritt gewähren würden. Ich hatte das unbestimmte Gefühl, dass ich dort etwas finden würde.

Leider wurde ich enttäuscht, denn niemand öffnete auf mein Klingeln an van Hoorns ehemaligen Haus. Ob es noch möbliert war, konnte ich leider nicht sehen. Das Tor zum hinteren Garten war verschlossen und an der Vorderseite waren die Fenster zu hoch und somit für mich unerreichbar.
Und jetzt? Ich sah zum Nachbarhaus. Ja, genau, die Familie des Toten würde sicherlich Bescheid wissen, was es mit dem Haus auf sich hatte.
Entschlossen drückte ich auf die Klingel bei dem Ehepaar van Hoorn. Schon nach ein paar Sekunden wurde die Tür aufgerissen. Es hatte den Anschein, als wenn man mich schon die ganze Zeit beobachtet hätte. Ferdinand van Hoorn sah mich sehr unfreundlich an, und dies war noch milde ausgedrückt.

»Was wollen Sie?«, presste er zwischen seinen Lippen hervor. Zu gut erinnerte ich mich an unsere erste Begegnung, in der er auch nicht gerade vor Freundlichkeit gesprüht hatte.

»Entschuldigung«, säuselte ich übertrieben freundlich. »Ich dachte, ich würde jemanden in dem Haus Ihres Bruders antreffen.«

»Erstens war es nicht mehr das Haus meines Bruders und zweitens, was wollen Sie dort? Man hat vorgestern das ganze Inventar entfernt.«

Wow, war der stinkig. War er so wütend, weil ihm das Erbe seines Bruders durch die Lappen gegangen war?

»Die Erbin Ihrer Schwägerin … ich meine, die Frau Ihres Bruders hatte mich vor einiger Zeit mit ins Haus genommen. Bei dieser Gelegenheit habe ich sicherlich meinen Schal dort verloren. So ein grüner aus Seide mit lauter Blumen …«, was redete ich da für einen Unsinn?, »deshalb würde ich gerne noch einmal nachsehen.«

»Hören Sie«, ranzte er mich an und schob die Haustür ein wenig zu. »Das geht mich nichts an. Außerdem habe ich keine Ahnung, was da drüben so vor sich geht. Also, wenn ich bitten dürfte.« Er schickte sich an, die Tür zuzuschlagen.

»Warten Sie kurz«, rief ich und trat einen Schritt nach vorne, »ich würde Sie gerne noch etwas fragen.«

Er hielt inne und sah mich stumm an.

»Haben Sie Frau Wibke Lorenz jemals kennengelernt?«, wollte ich von ihm wissen, darauf gefasst, dass er mir jetzt die Tür vor der Nase zuknallen würde.

»Nein, wieso hätte ich mit dieser Frau reden sollen?«

»Immerhin war sie die Frau Ihres Bruders«, erläuterte ich ihm, »da wäre es ja nichts Ungewöhnliches.«

»Diese Frau«, zischte er, »hat nie zur Familie gehört. Deshalb hatten meine Frau und ich nie das Bedürfnis, mit ihr näher in Kontakt zu treten.«

Ich konnte gerade noch einen Schritt zurücktreten, sonst hätte er mir die schwere Holztür an den Kopf geknallt.

Frustriert fuhr ich wieder nach Hause, wo Netti schon aufgeregt auf mich wartete. »Emely, stell dir vor, Horst hat im Lotto gewonnen.«

»Komm mit, wir gehen ins Büro«, raunte ich ihr zu. Sie ließ sich dort auf einen Stuhl fallen und wedelte sich mit dem Flyer eines Pizzaservice frische Luft zu. »Wieso regst du dich deshalb so auf?«, wollte ich von ihr wissen, »das ist doch eine gute Nachricht.«

»Zehntausend Euro«, kreischte sie, »was kann man damit alles anfangen, aber der olle Dösbaddel will ja wieder in Aktien investieren.«

»Und was willst du?« Ich musste mich sehr zusammennehmen, um meine Gedanken nicht abschweifen zu lassen. Zu sehr war ich noch mit Anton van Hoorns Haus beschäftigt.

Empört schnalzte Netti mit der Zunge. »Hast du dir mal unsere Küche angesehen? Der Herd ist Schrott, die Scharniere sind genauso ausgeleiert wie meine Knochen und das Ostfriesensofa? Wenn man sich daraufsetzt, hat man sofort eine Sprungfeder im Hintern.

Das Ding ist bestimmt vierzig Jahre alt. Alles nur noch Gerümpel.«

Diese Diskussionen konnte ich mir gut vorstellen, die hitzige Netti und der ostfriesisch kühle Horst. »Und dann habt ihr euch gezankt?«

»Aber hallo«, schimpfte sie, »Horst ist zum Strand geflüchtet und kühlt sich an der frischen Luft ab.«

»Ah ja, also wie immer, wenn es bei euch Zoff gibt.«

Das Beste wäre, wenn ich Bertus anriefe, überlegte ich. Der wusste bestimmt, wie ich weiter vorgehen könnte, obwohl ich mich ja nicht mehr in die Sache reinhängen wollte, aber andererseits der Brief …

»Emely, hörst du mir überhaupt zu?« Netti stand schon an der Tür.

»Entschuldige bitte«, murmelte ich. »Wie wäre es denn, wenn ihr das Schicksal entscheiden lasst.«

»Wie?« Netti runzelte die Stirn, »von so einem Hokuspokus halte ich nix.«

»Es ist doch ganz einfach, ihr nehmt eine Münze, werft sie in die Luft und lasst sie auf den Tisch fallen. Bei Zahl kann Horst Aktien kaufen und bei Kopf bekommst du eine neue Küche.«

»Das habe ich ja noch nie gehört«, sagte sie mit skeptischer Miene.

»Versuch es mal«, forderte ich sie auf, aber Netti

schüttelte den Kopf.

»Darauf lässt er sich nie ein«, argwöhnte sie.

»Vielleicht täuschst du dich. Ich kann mir vorstellen, dass dein Mann irgendwann von diesem Thema so genervt ist, dass er mit allem einverstanden ist.«

»Ich lass mir das nicht bieten.« Netti rauschte hinaus und ich griff zum Telefon, denn mir war inzwischen ein Gedanke gekommen.

»Moin Bertus«, sagte ich, als er sich meldete, »Emely hier. Sag mal, weißt du noch, wie der Makler hieß, den wir vor van Hoorns Haus getroffen haben?«

»Ja, Moment … der hieß Bonhuis«, erinnerte er sich, »was willst du denn von dem?«

»Erzähle ich dir später ausführlich«, vertröstete ich ihn, »ich glaube, das alles hat irgendetwas mit den Fotos an der Treppenwand in van Hoorns Haus zu tun. Aber erst muss ich mit dem Makler einen Termin ausmachen. Ich sage dir Bescheid und hole dich dann ab.«

»Gut, dann warte ich.«

Zwei Stunden später, ich hatte Bertus während der Fahrt nach Esens über die aktuellen Ereignisse informiert, hielten wir vor dem Büro des Maklers. Herr Bonhuis zeigte sich sehr erfreut über unseren Besuch und fragte nach unserem Anliegen.

»Es ist so«, begann ich, als er uns in sein durchgestyltes, spärlich eingerichtetes Büro gebeten hatte. »Wie Sie vielleicht wissen oder auch nicht, ist der Bewohner des Hauses von Frau Lorenz aus Hannover, für das Sie aktuell einen Käufer suchen, in meinem Café in Neuharlingersiel verstorben. Deshalb haben Herr Freese und ich großes Interesse, mehr über den Mann zu erfahren.«

»Nun ja«, räusperte sich Bonhuis und versuchte vergeblich, sein Jackett über seinem enormen Bauch zusammen zu ziehen. »Ich wüsste jetzt nicht, wie ich Ihnen helfen könnte.«

»Ich denke, das können Sie«, entgegnete ich, »das Haus ist ja inzwischen ausgeräumt. Soweit ich mich erinnern kann, sprachen Sie von der Erstellung eines virtuellen Rundgangs durch das Haus?«

Sein Gesicht erhellte sich. »Das ist überhaupt das Beste, was es auf dem Markt gibt. Die Kunden haben den Eindruck, als wären sie tatsächlich in der Immobilie. Ich sage Ihnen, Sie können sogar die Aufschrift auf den Gewürzbehältern in der Küche lesen.«

»Das ist schön zu hören«, antwortete ich. Bertus nickte anerkennend. »Deshalb sind wir hier. Wäre es möglich, dass wir uns diesen virtuellen Rundgang für dieses Haus einmal ansehen können?«

»Tja, ich bin im Moment …«

»Herr Bonhuis«, schaltete Bertus sich ein, »betrachten Sie uns doch einfach als potenzielle Käufer, dann spricht doch nichts dagegen.«

»Ja, so gesehen haben Sie recht.« Bonhuis sprang auf, schob seinen Laptop zu uns rüber, nachdem er eine Datei geöffnet hatte. »Sie brauchen nichts weiter zu tun, als sich das anzuschauen. Wenn Sie sich ein Detail etwas genauer ansehen möchten, sagen Sie einfach Bescheid, dann stoppe ich die Wiedergabe.« Er klickte auf das kleine Dreieck des Videos.

Er hatte nicht zu viel versprochen. Klar und deutlich konnten wir alle Einzelheiten in dem Haus erkennen, sogar die feine Staubschicht auf der schwarzen Esstischplatte war klar und deutlich zu sehen.
Ruhig schwebte die Kamera von Raum zu Raum.

»Jetzt wird es spannend«, flüsterte ich Bertus zu, als sich die Kamera langsam Stufe für Stufe nach oben bewegte. Zu unserem Glück fing sie alle Bilder ein, die sich an der Treppenwand befanden.

»Herr Bonhuis, ist es möglich die Wiedergabe ab jetzt in Zeitlupe wiederzugeben?«

Er sprang auf. »Moment.« Nach zwei Handgriffen setzte er sich wieder. »Das müsste jetzt funktionieren.«
Tatsächlich. Wir konnten uns in Ruhe Foto für Foto

ansehen. »Stop!«, rief ich aufgeregt. Bonhuis hielt das Video an.
Klar und deutlich sahen wir Anton van Hoorn mit einer Frau vor dem Hotel Honeymoon in Hamburg. »Bertus, weißt du, wer das ist?«

»Nein, ich kann mich nicht erinnern. Wer soll das sein?«

»Ihre Haare sind auf der Fotografie etwas dunkler«, erklärte ich ihm und zeigte auf das handschriftlich zugefügte Datum, »das Foto ist ungefähr vier Jahre alt.«

Bertus sah sich das Bild genauer an. »Da steht Jessi?«

»Ja genau, deshalb bin ich nicht gleich darauf gekommen. Das ist Jessika van Hoorn und sie hatte augenscheinlich mit ihrem Schwager ein Verhältnis.«

26

»Und das war es, was dir die ganze Zeit im Kopf herumgespukt ist?«, fragte Bertus nach, als wir wieder im Auto saßen.

Ich nickte. »Ich hatte mir die Fotos ja alle angesehen und habe diesem speziellen Bild keine Bedeutung beigemessen.«

»Aber die Einzelheiten im Unterbewusstsein registriert«, ergänzte Bertus. »Emely, sei mir nicht böse, aber eine Affäre ist ja nichts Ungesetzliches.«

»Aber Eifersucht ist ein schönes Motiv. Ich frage mich, ob Jessikas Ehemann davon gewusst hat und aus lauter Eifersucht ausgerastet ist. Vielleicht hat Frau van Hoorn ihrem Geliebten die Hölle heiß gemacht, denn er war ja auch anderen Frauen zugetan. Ich denke da an Frau Johansson und Frau Lorenz.«

»Dann sollten wir der Dame mal auf den Zahn fühlen.«

»Genau das wollte ich von dir hören. Am besten, wir fahren direkt hin.« Vielleicht waren wir des Rätsels

Lösung sehr nahe.

Dieses Mal öffnete Frau van Hoorn die Tür. Sie wirkte unsicher.

»Moin Frau van Hoorn, entschuldigen Sie die Störung. Das ist Herr Freese.« Ich blickte zu Bertus. »Wir hätten Sie gerne noch mal gesprochen.«

Es war ihr anzumerken, dass sie am liebsten nicht mit uns geredet hätte, aber widerwillig trat sie zur Seite und ließ uns eintreten.

»Kommen Sie durch.« Wir folgten ihr in den Wintergarten. »Bitte nehmen Sie doch Platz.«

»Danke«, murmelte ich und setzte mich auf einen Stuhl. Nach einem kurzen Blickkontakt mit Bertus sah ich die Frau an. »Wir haben in dem ehemaligen Haus Ihres Schwagers ein Foto gesehen. Es zeigt Sie mit ihm vor dem Hotel Honeymoon in Hamburg. Das Foto ist ungefähr vier Jahre alt.«

»Was wollen Sie schon wieder hier?« Mit hochrotem Kopf stand Ferdinand van Hoorn in der Tür. »Du bist ruhig«, herrschte er seine Frau an. Und zu uns gewandt: »Und Sie verlassen auf der Stelle mein Haus.«

Eigentlich wollte ich mich nicht davon einschüchtern lassen, aber er schien sehr zornig zu sein. »Frau van Hoorn, eventuell ist es sinnvoller, wenn wir alleine mit Ihnen reden?«, schlug ich vor und war auf ein

Donnerwetter seitens des Gatten gefasst. Ehe dieser etwas erwidern konnte, schüttelte Jessika van Hoorn den Kopf. »Ich denke, das wird nicht nötig sein. Mein Mann kann ruhig zuhören.«

In diesem Moment fragte ich mich, ob sie wusste, was sie tat. »Nun gut«, entgegnete ich, »dann möchte ich noch einmal auf das Foto mit Ihnen und Ihrem Schwager zurückkommen, welches nebenan an der Wand hing.«

Es war eine Weile still. Bertus wollte gerade etwas sagen, als Frau van Hoorn antwortete. »Ja, es stimmt, Anton und ich hatten eine Affäre. Und ehe Sie weiterfragen, mein Mann wusste Bescheid.«

Ferdinand van Hoorn hob die Hand. »Es ist genug, ich möchte Sie bitten zu gehen.« Er sah seine Frau mit unbeweglicher Miene an. »Und du schweigst jetzt auf der Stelle.« Die Kälte in seiner Stimme war kaum auszuhalten.

Unvermutet sprang Jessika auf, lief zu ihrem Mann, der sofort einen Schritt zurückwich. Sie krallte sich an seinem Hemd fest und stellte sich auf ihre Zehenspitzen. »Du sagst mir nicht mehr, was ich zu tun habe«, schrie sie, »nie wieder! Es ist vorbei!«

Ich habe mich später immer wieder gefragt, wie es sein kann, dass eine Frau von einer Sekunde auf die andere zur Furie werden konnte. Der Ehemann schien genauso überrascht über diesen Ausbruch zu sein. Es dauerte einen kleinen Moment, bis er sich gefasst hatte. Er griff nach den Händen seiner Frau und löste ihren Klammergriff. »Dann sieh zu, wie du damit klarkommst. Mich bist du jetzt los«, fauchte er und verließ in aller Ruhe das Zimmer.

Ich hatte einen kurzen Moment den Eindruck etwas wie Erleichterung in ihrem Gesicht zu sehen. Die Haustür fiel donnernd ins Schloss. Ferdinand van Hoorn hatte offensichtlich das Haus verlassen.

»Vielleicht sollten wir das Ganze jetzt abbrechen«, ergriff Bertus das Wort. »Sie sind uns zu keinerlei Auskunft verpflichtet. Allerdings würden wir unsere Erkenntnisse an die entsprechenden Stellen weitergeben.«

»Nein, bitte nicht.« Frau van Hoorn stand auf und öffnete ein Fenster. »Mir ist nach frischer Luft«, seufzte sie und atmete ein paarmal tief ein und aus. »Es ist alles so eng …« Sie wandte sich zu uns um. »Bitte fragen Sie, was Sie wollen, ich werde alles beantworten.«

Sie nahm wieder Platz und sah uns abwartend an. Die Affäre hatte sie ja sofort zugegeben, überlegte ich, aber was hatte sie mit Antons Tod zu tun? »Frau van Hoorn, besitzen Sie einen Computer?«

Sie nickte. »Ja einen Laptop, ein Geschenk meines Mannes.«

An Bertus‘ Gesichtsausdruck konnte ich erkennen, dass er wusste, auf was ich hinauswollte.

»Wenn wir uns jetzt den Browserverlauf Ihres PCs anschauen würden, stießen wir da eventuell auf eine von Ihnen durchgeführte Suchanfrage im Internet nach Rizin?«

Wortlos nickte sie.

»Und wenn wir weitersuchen würden, entdeckten wir da eine Webseite, die Sie kürzlich aufgerufen haben und wo es möglich ist, Rizin zu bestellen?«

»Ja, das würden Sie alles auf meinem Computer finden.« Fahrig ordnete sie ihre Haare.

Niemand sagte etwas. Das Telefon im Flur klingelte, Frau van Hoorn wandte nur kurz den Kopf.

»Möchten Sie uns erzählen, was sich ereignet hat?«, unterbrach ich die Stille.

»Ja, ich bin froh, alles einmal auszusprechen«, seufzte sie erleichtert und setzte sich aufrecht hin. »Das alles hat schon vor Jahrzehnten begonnen. Meine beste Freundin Gundula und ich waren damals auf dem Weg zur Strandfete hier in Neuharlingersiel, als wir Anton und Ferdinand begegneten. Wir kannten uns flüchtig und so kamen wir schnell ins Gespräch …«

27

Die beiden Freundinnen liefen in Begleitung der beiden jungen Männer zum Strand und ließen sich von ihnen zu einer Cola einladen.

»Und was machst du so?«, wollte Gundula von Anton wissen und rückte ganz nah an ihn heran. Jessika sah das nur ungern, denn sie fühlte sich vom ersten Augenblick an zu Anton hingezogen.

Mit einem Lächeln schlang der Angesprochene seinen Arm um Gundula. »Ich bin zurzeit als LKW-Fahrer unterwegs. Ein super Job«, prahlte er, »immer ein paar starke PS unterm Hintern.« Er klopfte Ferdinand auf die Schulter. »Nicht so ein Sesselfurzer wie mein Bruder.«

Ferdinand verzog ärgerlich das Gesicht. »Halt gefälligst die Klappe.«

»Gib doch zu, dass du langweilig und spießig bist«, setzte Anton noch einen drauf.

Ferdinand machte eine abwehrende Bewegung und entfernte sich.

»So ist der immer«, stänkerte Anton weiter, »der hat keine Ahnung, was das Leben noch zu bieten hat.«

Jessika verabschiedete sich unter einem Vorwand, die Situation war ihr mehr als unangenehm, besonders die offensichtliche gegenseitige Zuneigung zwischen ihrer Freundin Gundula und Anton.

Nach nur einer Woche waren Gundula und Anton zu Jessikas Leidwesen ein Paar. Sie kochte vor Eifersucht. Gundula schleppte die Männer ab, dies hatte Jessika schon mehrmals miterlebt und ließ sie dann, wenn es alltäglich wurde, fallen wie eine heiße Kartoffel.
Aber bei Anton war das anders, sie klebte an ihrem Freund. Bereits nach einem Jahr nahm Gundula seinen Heiratsantrag an, obwohl Jessika alles darangesetzt hatte, die beiden auseinanderzubringen.

»Und du willst ihn wirklich heiraten?«, vergewisserte Jessika sich noch einmal bei ihrer Freundin. »Er ist doch so unzuverlässig, jeden Tag hat er einen anderen Spleen im Kopf.«

Gundula lachte nur. »Genau das liebe ich ja an Anton, mit ihm wird es nie langweilig. Wir leben doch nur einmal.«

Um auch zukünftig in der Nähe von Anton zu sein, bändelte sie mit dem spröden, rechthaberischen Versicherungsangestellten Ferdinand van Hoorn an.

Nach der Eheschließung machte Anton eines Tages seinem Bruder den Vorschlag, jeweils eine nebeneinanderstehende Doppelhaushälfte zu kaufen. Gundula sei doch an einem etwas bürgerlichen Leben gelegen.
Jessika fand diese Idee grandios und unternahm alles Menschenmögliche, um ihren Freund zu überreden, diesen Vorschlag zuzustimmen. Der wiederum sah sich nun genötigt, seiner Freundin ebenfalls einen Antrag zu machen.

Ein paar Monate nach der Hochzeit entpuppte sich Ferdinand als ewiger Nörgler, der jähzornig auf alles reagierte, was ihm nicht in den Kram passte.
Die beiden Freundinnen und nun auch Schwägerinnen gingen sich aus dem Weg. Anton war viel unterwegs und Gundula tröstete sich anderweitig.

Jahre später, am Abend des Osterfeuers, trafen sich der nunmehr geschiedene Anton und Jessika, die verbittert und enttäuscht über den negativen Verlauf ihrer Ehe ihrem Schwager ihr Herz ausschüttete. Um sie zu trösten, flirtete er mit ihr und sie landeten später im Bett. Hin und wieder lud er Jessika ein, mit ihm in seinem Lieblingshotel in Hamburg ein romantisches Wochenende zu verbringen.
Ferdinand van Hoorn war inzwischen in der Chefetage

des Versicherungskonzerns angekommen und achtete auf seinen untadeligen Ruf. An einem Sommerabend bat er mit Nachdruck Jessika um ein Gespräch.

»Ich möchte dich bitten, dich in Bezug auf deine Freizeitgestaltung ein wenig zurückzuhalten. Du weißt schon, was ich meine«, sagte er in einem äußerst gereizten Ton, der keinen Widerspruch duldete. »Mir ist es egal, mit wem du dich herumtreibst, aber ich will auf keinen Fall, dass jemand davon Wind bekommt. Mach was du willst, aber benimm dich als meine Frau untadelig.«

Jessika war mehr als überrascht, dass ihr Mann von der Affäre wusste. Ihre Abwesenheit hatte sie immer mit dem Besuch bei einer Freundin in Hamburg erklärt. Anton versprach ihr daraufhin, sie zu unterstützen und ihr zu helfen, ihren Mann zu verlassen, um mit ihm ein gemeinsames Leben führen zu können.

Als Jessika allerdings mitbekam, dass sie keineswegs die einzige Frau in Antons Leben war, machte sie ihm heftige Vorwürfe.

»Das Leben ist zu kurz, um sich nur mit einer Frau zu befassen. Wenn dir das nicht passt, kann ich dir auch nicht helfen«, teilte er ihr ungerührt mit und beendete umgehend die Beziehung.

Jessika kochte vor Eifersucht und fand heraus, dass

es sich bei Antons neuer Freundin um Meta Johannson, eine gutaussehende Geschäftsfrau aus Esens, handelte. Sie suchte immer wieder einen Vorwand, um mit Anton ins Gespräch zu kommen, in der Hoffnung, dass er sich wieder ihr alleine zuwenden würde. Ihr Ehemann behandelte sie wie Luft, solange sie sich seinen Wünschen entsprechend benahm.

Als Anton plötzlich seine Leidenschaft für Tango und für Wibke Lorenz, die Inhaberin der Tanzschule Argentino in Aurich entdeckt hatte, verlor sie alle Hoffnungen auf ein gemeinsames Leben. Verzweifelt schrieb sie Anton einen Brief, indem sie ihn anflehte, sein Versprechen wahr zu machen und sie bei ihrem Vorhaben, ihren Mann zu verlassen, zu unterstützen. Tagelang stand sie am Fenster und beobachtete Anton, wenn er das Haus verließ und nach tagelanger Abwesenheit zurückkehrte. Ihren Brief ließ er unkommentiert.

»Du solltest zum Arzt gehen«, empfahl ihr Ferdinand, »du hast richtige Augenringe. So kannst du mich nicht zum Betriebsfest begleiten.«

Ohne auf seine Worte einzugehen, verließ Jessika das Zimmer. Sie hatte schon vor langer Zeit einen Arzt aufgesucht, der ihre Schlaflosigkeit mit den entsprechenden Medikamenten zu lindern versuchte.

Wiederholt fuhr sie Anton abends nach, wenn er zur Tanzschule fuhr. Verstohlen, halb hinter einer Hecke verborgen beobachtete sie durch ein Fenster Wibke und Anton beim Tanzen und anschließend in trauter Zweisamkeit an der Bar. Die Tanzlehrerin war sicherlich ein oberflächlicher Mensch und nicht an den Gefühlen ihrer Mitmenschen interessiert, davon war Jessika zutiefst überzeugt.
Was wäre, wenn es Anton schlecht ginge? Wenn er nicht mehr der spendable Lebemann wäre? Würde sie sich dann um ihn sorgen? Nein, das würde diese eiskalte berechnende Frau sicherlich nicht tun, da war sich Jessika absolut sicher. Anton würde sie als Erste vertrauensvoll um Hilfe bitten.

Unter einem Vorwand lud sie Anton zum Frühstück ein. Erfreut nahm er ihre Einladung an und erzählte unbekümmert von seinen Plänen, demnächst nach Schweden reisen zu wollen.
Jessika hatte einen Obstsalat vorbereitet. In Antons Portion gab sie eine geringe Menge von dem zuvor im Internet bestellten Rizin hinein. Wenn er sich unwohl fühlt, wird er mich sofort anrufen, da war sich Jessika absolut sicher. Dann hatte sie die Gelegenheit, sich aufopfernd um ihn zu kümmern, und er würde zu ihr zurückfinden.

Mit erwartungsvoller Freude sah sie dem geliebten Mann zu, wie er den Obstsalat verschlang.

28

»Sie wollten ihn gar nicht töten?« Völlig perplex sah ich Jessika van Hoorn an, die mit verschränkten Armen dasaß und ziemlich unglücklich wirkte.

Bertus runzelte die Stirn. »Wie viel von dem Rizin haben Sie ihm denn verabreicht?«

»Nur ein ganz kleines bisschen.« Ihr Gesicht glühte. »Ich habe gedacht, wenn es ihm in ein paar Stunden übel wird und er sich unwohl fühlt, würde er mich sicherlich um Hilfe bitten. Anton war auch ein bisschen eitel und hätte sicher nicht gewollt, dass ihn seine Damen so sehen.«

»Das ist ja gehörig schiefgegangen«, bemerkte ich und hätte die Worte am liebsten wieder verschluckt. Ich konnte an ihrem Gesicht sehen, dass sie sich quälte. Ich nahm ihr ab, dass sie den Tod von Anton nicht beabsichtigt hatte, aber da gab es ja noch mehr. »Und dann haben Sie erfahren, dass Ihr Schwager im Café Kluntje verstorben ist?«

»Ja, es war schrecklich«, gestand sie, »ich bin in Panik geraten. Damit hätte ich in meinen kühnsten Träumen nicht gerechnet. Erst hoffte ich, dass sein Ableben eventuell andere Ursachen gehabt haben könnte, aber nach und nach stellte sich heraus, dass er vergiftet worden war. So stand es jedenfalls in der Presse, aber dennoch habe ich gehofft, dass ich mit seinem Tod nichts zu tun hatte.«

»Es entspricht den Tatsachen, dass Rizin die Todesursache war«, dozierte Bertus, »die Rechtsmediziner haben dies zweifelsfrei nachgewiesen.«

»Ja, inzwischen ist mir das auch klar.«

Wie muss die Frau sich gefühlt haben, überlegte ich, als sie feststellen musste, dass sie eine Mörderin war.

»Erzählen Sie doch weiter«, bat ich sie.

»Ja, wie ging es weiter …?« Sie legte beide Hände flach auf die Sitzfläche des Sofas und wippte nervös mit beiden Füßen. »Bei Antons Beerdigung, als ich erfahren habe, dass diese … diese Frau mit ihm verheiratet war, ich glaube, das war der schlimmste Tag in meinem Leben. Ich habe mich so hintergangen gefühlt.«

»Das war für Sie das Schlimmste?« Ich konnte es nicht fassen. Nur zu gut erinnerte ich mich an den spitzen Schrei, den sie ausgestoßen hatte.

Sie zuckte mit den Schultern. »Es hat mir den Boden

unter den Füssen weggezogen. Dass diese Frau seine Witwe war, ich … ich habe es fast nicht ausgehalten.«

»Das hat Sie so erschüttert?«

»Sie können das vielleicht nicht verstehen, aber durch den Status, Antons Witwe zu sein, hatte sie eine unwiderrufliche enge Bindung zu Anton. Ich habe sie deshalb gehasst.«

»Und unsere Begegnung in dem Wellnesshotel? War das Zufall?«

»Nein, dies war keine zufällige Begegnung. Ich habe mitbekommen, dass Sie sich für Antons Tod interessieren. Eine Freundin rief mich an und erzählte mir, dass die Inhaberin des Café Kluntje überall Fragen über Anton stellen würde. Das hat mich nervös und ängstlich gemacht. Ich musste unbedingt erfahren, was Sie wussten.«

»Ach so war das«, murmelte ich. So diskret, wie ich es mir eingebildet hatte, war ich wohl doch nicht gewesen.

»Wenn man bedenkt«, erläuterte Bertus, »dass Neuharlingersiel ein vergleichsweise kleiner Ort ist, da bleibt nicht viel verborgen.«

»Ja, das ist schon richtig«, stimmte ich ihm zu. Es waren doch zu viele Menschen, die von meiner angeblich geheimen Mission gewusst haben. Angefangen von den Teeschwestern, die alles andere als verschwiegen waren. »Und woher wussten Sie, dass ich im Hotel Deichkrone war?«

»Dieses Wissen habe ich einem Zufall zu verdanken. Ich habe zufällig Ihre Schwiegermutter in die Touristinformation reingehen sehen, als ich das gegenüberliegende Haus einer Freundin verlassen habe. Ohne weiter zu überlegen, bin ich ebenfalls hineingegangen. Eine Angestellte war gerade dabei, ein Werbeplakat des Hotels Deichkrone aufzuhängen.«

»Sie sind meiner Schwiegermutter gefolgt?«

»Ja, ich kannte sie ja nur flüchtig, hatte aber die Hoffnung, dass ich etwas über Sie erfahren würde. Ich wusste ja, dass sie zum Café Kluntje gehört, und bin ihr deshalb nachgegangen. Ihre Schwiegermutter war gerade dabei, der Angestellten zu erzählen, dass ihre Schwiegertochter am kommenden Wochenende genau dorthin fahren würde. Zu Hause habe ich sofort dort angerufen und auch für das Wochenende ein Zimmer gebucht.«

»Was hatten Sie denn für Pläne, wenn Sie Frau Petersen begegnen würden?«, wollte Bertus wissen.

Sie zuckte mit den Schultern. »Im Nachhinein war das ziemlich unüberlegt. Ich hatte das Bedürfnis, Sie näher kennenzulernen, um mehr über Ihre Absichten zu erfahren.«

»Gelohnt hat es sich aber nicht?« Bertus‘ Stimme klang sarkastisch.

»Nein, nicht wirklich«, gab Frau van Hoorn zu.

»Ich hätte Ihnen auch nichts erzählen können, da ich selbst nichts wusste«, sagte ich. »Und wie ging es weiter? Was war mit Frau Lorenz?«

»Ich war mir sicher, dass diese Ehe auf keinen Fall gültig sein konnte.« Sie griff zu einem Taschentuch und sprach unter Tränen weiter. »Eines Tages bin ich einfach hingefahren mit der Absicht, diese Frau zur Rede zu stellen. Sie hat mich ausgelacht …«

***

»Sie haben doch einen Knall«, entgegnete Wibke Lorenz, als Jessika sie mit ihrem Verdacht konfrontierte. »Es ist alles nach Recht und Gesetz vonstattengegangen.«

Sprachlos stand Jessika vor dem Schreibtisch der Unternehmerin und kämpfte mit einer plötzlich auftretenden Übelkeit. Was erzählte diese Frau?

»Wissen Sie, was Anton über Sie gesagt hat?«, fuhr Frau Lorenz fort, »er hat von Ihnen als lästiges Insekt gesprochen und dass er froh gewesen wäre, als die Beziehung mit Ihnen beendet war.« Sie stand auf, ging um den Schreibtisch herum und hielt Jessika ihre rechte Hand vor das Gesicht. »Sehen Sie? Das ist mein Ehering. Antons Ring werde ich mir kleiner machen lassen und ihn als seine rechtmäßige Witwe bis an mein Lebensende tragen. Ich hoffe, Sie haben es jetzt verstanden. Sie sind für Anton ein Nichts gewesen.« Sie lachte gehässig auf. »Und jetzt verziehen Sie sich bitte.«

Jessikas Herz schlug bis zum Hals, ihre Ohren nahmen nur noch dumpf die Worte dieser niederträchtigen Frau auf. Wie in Trance griff sie zu einem der Pokale, die in Reichweite in einem Regal neben ihr standen. Mit aller Kraft, die sie aufbringen konnte, schlug sie auf ihre Konkurrentin ein.

Lautlos sank Frau Lorenz zu Boden und blieb bewegungslos liegen. Fassungslos beobachtete Jessika ein kleines Rinnsal Blut, das aus dem Mund der Frau auf den Teppich rann.

»Was hast du gemacht?«, herrschte eine Stimme Jessika an. Sie wandte erschrocken den Kopf und sah sich Ferdinand gegenüber, der mit hochrotem Gesicht in der Tür stand.

»Ich weiß nicht«, stotterte sie und starrte ihn entgeistert an. Er eilte zu der auf dem Boden liegenden Frau und tastete nach ihrem Puls. »Sie ist tot«, zischte er und zeigte auf die gebrochenen Augen der Tanzlehrerin.

»Komm«, befahl er und riss seiner Frau den Pokal, den sie immer noch fest umklammert hielt, aus der Hand. »Wir müssen weg. Auf keinen Fall darf jemand davon erfahren.«

In der Nähe des Bauernhofs warf er den Pokal, den er zuvor mit seinem Taschentuch abgewischt hatte, ins Gebüsch.

»Wir gehen jetzt langsam zum Auto. Wir dürfen auf keinen Fall auffallen.« Er nahm ihre Hand und zog sie mit sich. Schweigend fuhren sie nach Hause. Ferdinand schloss die Haustür auf und ließ seine Frau eintreten. Leise schob er die Haustür hinter sich zu, drehte sich um und packte Jessika fest an beiden Oberarmen. Brutal drückte er sie an die Wand, sein Gesicht war nur wenige Zentimeter von ihrem entfernt. »Wenn du auch nur einen Ton davon irgendjemanden erzählst, bin ich beruflich geliefert«, zischte er wütend, »von dir lasse ich mir meine Karriere nicht versauen. Hast du das verstanden?«

»Du tust mir weh«, jammerte Jessika und versuchte, sich aus seinem Klammergriff zu befreien.

»Du wirst schweigen oder gnade dir Gott.« Er stieß sie heftig von sich und verließ das Haus.

29

»Also Sie haben Frau Lorenz erschlagen«, stellte Bertus fest. »Hatten Sie das geplant?«

»Nein, ich wollte sie nur zur Rede stellen.« Ein dickes schwarzes Rinnsal ihrer Wimperntusche lief an ihrer Wange herunter.

»Wieso ist Ihr Mann Ihnen gefolgt?«, hakte Bertus nach.

»Er hat die ganze Zeit gespürt, dass etwas nicht in Ordnung war, und wollte sehen, welche Geheimnisse ich vor ihm habe.«

Damit hätte ich nicht gerechnet, hatte ich doch den Eindruck gewonnen, dass seine Frau ihm total egal geworden war. »Und Ihr Mann stand urplötzlich in der Tür?«

Jessika van Hoorn wischte sich mit der flachen Hand durchs Gesicht. Die Wimperntusche war jetzt großflächig verteilt. »Sie können sich vorstellen, wie erschrocken ich war, aber andererseits war ich erleichtert, denn er hat mich von dort weggebracht.«

»Draußen hat Ihr Mann dann die Tatwaffe ins Gebüsch geworfen«, stellte Bertus fest, »und damit Ihre Täterschaft verschleiert.«

Jessika van Hoorn nickte stumm.

Es hatte angefangen zu regnen, mir war kalt und ich hatte plötzlich unbändige Lust auf eine Tasse Tee und ein Stück Apfeltorte mit Sahne. »Dann wäre ja fast alles aufgeklärt«, stellte ich fest, »bis auf die Sache mit dem Brief. Den haben Sie mir ans Auto gesteckt?«

»Ja«, nickte sie, »ich hoffte, er würde Ihnen Angst einjagen und sie würden aufhören, überall herum zu fragen.«

»Ist es möglich, dass Sie zwei Tage vorher nachts vor meinem Haus waren?«

»Nein, was meinen Sie?«

»Ist schon in Ordnung«, antwortete ich. Dann gab es also wirklich einen Zeitgenossen, der sich nachts sportlich betätigte.

»Gut«, sagte Bertus abschließend und stand auf. »Frau van Hoorn, ich werde jetzt die Kollegen benachrichtigen. Vielleicht packen Sie ein paar Sachen zusammen.«

Eine Stunde später, die Ermittler aus Wittmund hatten Frau van Hoorn mitgenommen, saßen wir wieder in meinem Bulli. Mein Kopf dröhnte.

»Ich hätte nie gedacht, dass ausgerechnet sie für all das verantwortlich ist«, seufzte ich. »Es gibt so viele Menschen in dieser Geschichte, die einen Grund gehabt hätten, van Hoorn zu töten. Wenn ich bedenke, wen er alles beschissen hat. Und dabei ging es oft um sehr viel Geld. Aber ausgerechnet diese so harmlos wirkende Frau ist die Täterin und hat zudem noch eine Frau erschlagen? Ich kann das gar nicht glauben.«

»Das habe ich sehr oft erlebt, dass die Täter im Grunde genommen sehr introvertierte und zurückhaltende Menschen gewesen sind, denen man nie und nimmer eine Straftat zugetraut hätte.« Bertus sah mich stirnrunzelnd an. »Aber warum bist du so nachdenklich?«, wollte er von mir wissen. »Du kannst stolz auf dich sein, schließlich ist es dir zu verdanken, dass diese Morde aufgeklärt sind.«

»Ich weiß nicht, was ich davon halten soll«, stöhnte ich. »Ist Jessika van Hoorn nun eine eiskalte Täterin oder eher ein Opfer ihrer Gefühle?«

Der pensionierte Kriminalkommissar legte den Kopf leicht schief und zuckte nur mit den Schultern.

***

Die beiden Morde erfuhren durch die Medien allergrößte Aufmerksamkeit und wurden ausgiebig von allen Seiten beleuchtet. Etliche Pressevertreter haben vergeblich versucht, ein Interview mit mir zu führen.

Ich kannte diese Heinis. Die waren ja nur auf Sensation aus, dessen war ich mir sicher. Ich kannte schließlich die Boulevardmagazine, die sich ausgiebig mit den Silikonbrüsten der Stars, den Alkoholexzessen der Politiker und der einen oder anderen Bluttat befassten. Außerdem war ich überhaupt nicht fotogen. Auf Fotos sah ich gut und gerne zehn Kilo schwerer aus, als ich tatsächlich auf den Rippen hatte. Das brauchte ich nun wirklich nicht. Im Café habe ich mich in dieser Zeit, so gut es ging, unsichtbar gemacht, um neugierigen Fragen auszuweichen.

Nach ein paar Wochen hatte sich die ganze Aufregung gelegt. Meine Kinder besuchten brav ihre Schulen, Bertus schneite hin und wieder zu einem Fachgespräch unter Krimikollegen herein. Harm und Sigurd tranken regelmäßig ihren Kaffee bei uns und verkosteten Selmas neueste Kreationen am Tortenhimmel. Der schöne Sigi trug jetzt einen supermodernen Kurzhaarschnitt und ließ zwischendurch immer mal wieder den Klugscheißer heraushängen.

Netti hatte bei dem alles entscheidenden Münzwurf um den Lottogewinn mit Horst gewonnen und die neue Küche war bereits bestellt. Sie hatte die Gunst der Stunde genutzt und sich dazu noch einen Apothekerschrank und eine extra große Gefriertruhe gegönnt. Die männerverschlingende Elaine hatte auf einem Kreuzfahrtschiff als Bardame angeheuert, weil sie im Fernsehen gesehen hatte, dass die Schiffsstewards durchweg gutaussehen Männer waren.

Alles in allem kann ich sagen, dass ich mein zufriedenes Leben wieder hatte. Aber wie lange? Meine Neugier hatte mich schon öfter in Schwierigkeiten gebracht. Es war sicherlich besser, wenn ich allem, was mit einem Verbrechen zu tun hat, zukünftig aus dem Weg ging. Und für die Sicherheitsnadel an meinem schwarzen Rock würde ich auch noch eine Lösung finden …

Autorin Ele Wolff

...über Liebe, Lust und Leichen.
Krimis und andere Gemeinheiten

Nach dreißig Berufsjahren als Krankenschwester, nach einem Umweg als Galeristin und Vermieterin von Ferienwohnungen auf der Insel Borkum, lebe ich heute in Leer/ Ostfriesland. Auch wenn ich keine waschechte Ostfriesin bin, (in Frankfurt/Main geboren) betrachte ich mich doch als Gesinnungsostfriesin und gebe mich ganz meinen kriminellen Energien hin. In Ostfriesland, hinter den Deichen, im Watt und auf den Inseln geschehen manche unheimlichen Dinge, von denen niemand etwas weiß.
Das ist genau die Umgebung, die die Fantasie anregt. In den Geschichten kann ich Gedanken ausleben, die man im wahren Leben nicht so leicht findet oder die unangebracht sind. Ich kann unliebsame Ehemänner oder Chefs entsorgen, reich durch Erbschaft werden oder einfach in einen anderen Erdteil flüchten. Und was besonders von Vorteil ist: Schreiben ist spannend und es macht nicht dick.

Weitere Bücher der Autorin

„Janneke Hoogestraat ermittelt“ -Print & ebook Reihe:

1. Friesenhuus
2. Eisige Gier
3. Mörderischer Nebel
4. Die Toten von Spiekeroog
5. Greetsieler Mühlenmord
6. Mord mit Deichblick
7. Der Wattlooper von Harlesiel
8. Ebbe und Wut

„Henriette Honig ermittelt“- ebook Reihe:

1 Das tote Kind
2. Ostfriesisches Gift
3. Stummes Herz
4. Mörderisches Emden
5. Mordsplan
6. Nordseetod
7. Tod im Strandkorb
8. Spurlos in Ostfriesland
9. Fünf-Sterne-Mord
10. Küstenwut
11. Rysumer Fluch
12. Der Sanddornmörder

Weitere Bücher:

Bei Stina brennt noch Licht-ebook

Das Geheimnis von Hooksiel-ebook